KB002469

어린 왕자

지혜의 샘 시리즈 ⑲

어린 왕자

개정판 1쇄 발행 | 2024년 10월 31일

지은이 | 앙투안 드 생텍쥐페리
옮긴이 | 박연강

발행인 | 김선희 · 대 표 | 김종대
펴낸곳 | 도서출판 매월당
책임편집 | 박옥훈 · 디자인 | 윤정선 · 마케터 | 양진철 · 김용준

등록번호 | 388-2006-000018호
등록일 | 2005년 4월 7일
주소 | 경기도 부천시 소사구 중동로 71번길 39, 109동 1601호
    (송내동, 뉴서울아파트)
전화 | 032-666-1130 · 팩스 | 032-215-1130

ISBN 979-11-7029-251-7 (00860)

· 잘못된 책은 바꿔드립니다.
· 책값은 뒤표지에 있습니다.

이 도서의 국립중앙도서관 출판시도서목록(CIP)은 서지정보유통지원
시스템 홈페이지(http://seoji.nl.go.kr)와 국가자료공동목록시스템
(http://www.nl.go.kr/kolisnet)에서 이용하실 수 있습니다.(CIP제어번호
: CIP2016002247)

어린 왕자

앙투안 드 생텍쥐페리 지음
박연강 옮김

영문 수록

The
Little
Prince

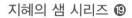
MAEWOLDANG

나는 어린 왕자가 철새들의 이동을 이용하여 별을 떠나왔으리라 생각한다.

레옹 베르트에게

　내가 이 책을 레옹 베르트라는 어른에게 바친 것에 대해 어린이들에게 용서를 구한다. 나로서는 그럴 만한 중요한 이유가 있었다. 레옹 베르트는 이 세상에서 나와 가장 친한 친구이기 때문이다. 또 다른 이유는 레옹 베르트는 이 모든 것을 다 이해하는, 어린이들을 위해 쓰인 책들까지도 모두 이해할 수 있는 사람이라는 점이다. 마지막 이유는 그가 프랑스에서 굶주림과 추위에 떨며 살고 있기 때문에 그를 위로해 주기 위해서이다.

　이 모든 이유들로도 여전히 부족하다면 예전의, 어린 시절의 그에게 이 책을 바치기로 하겠다. 사실 어른들도 처음에는 누구나 다 어린아이였다. (그러나 그것을 기억하는 어른들은 그리 많지 않다.) 그래서 나는 이 책의 헌사를 이렇게 고쳐 쓰려고 한다.

　　　　어린 소년이었을 때의 레옹 베르트에게

01

　여섯 살 때 나는 《체험담》이라는 제목의, 원시림에 관한 책에서 기막힌 그림 하나를 본 적이 있다. 맹수를 집어삼키고 있는 보아뱀 그림이었다. 위의 그림은 그것을 옮겨 그린 것이다.

　그 책에는 이렇게 씌어 있었다. "보아뱀은 먹이를 씹지 않고 통째로 삼켜버린다. 그러고는 그것을 소화시키느라 꼼짝도 하지 못하고 여섯 달 동안 잠을 잔다."

그래서 나는 밀림 속의 신기한 모험들에 대해 곰곰이 생각해 보고 난 후에 색연필을 가지고, 내 생애 첫 번째 그림을 그려 보았다. 나의 그림 제1호, 그것은 이런 그림이었다.

나는 내 걸작품을 어른들에게 보여주면서 내 그림이 무섭지 않느냐고 물어보았다.

어른들은 "아니, 모자가 뭐가 무섭다는 거니?"라고 대답했다.

내 그림은 모자를 그린 게 아니었다. 그것은 코끼리를 소화시키고 있는 보아뱀이었다. 그래서 나는 어른들이 알아볼 수 있도록 보아뱀의 속을 그려주었다. 어른들은 언제나 설명을 해주어야만 한다. 나의 그림 제2호는 이러했다.

그러나 어른들은 나에게, 속이 보이거나 보이지 않는 보아뱀의 그림들은 집어치우고 차라리 지리나 역사, 혹은 산수나 문법 쪽에 관심을 가져 보는 게 좋을 것이라고 충고해 주었다. 그래서 나는 여섯 살 때에 화가라는 멋진 직업을 포기해 버렸다. 내 그림 1호와 2호가 성공을 거두지 못해서 낙심해 버렸던 것이다. 어른들은 언제나 스스로는 아무것도 이해하지 못한다. 그렇다고 늘 어른들에게 설명을 해주자니 어린이들로서는 여간 귀찮은 게 아니다.

그래서 하는 수 없이 다른 직업을 선택해야 했던 나는 비행기 조종하는 법을 배웠다. 나는 이 세상 여기저기를 거의 안 가 본 데 없이 날아다녔다. 그럴 때 지리는 정말로 많은 도움을 주었다. 나는 한 번 슬쩍 보고도 중국과 미국의 애리조나를 구별할 수 있었다. 그것은 밤에 길을 잃었을 때 아주 유용했다.

이렇게 하여 나는 일생 동안 점잖은 사람들을 매우 많이 만날 수 있었다. 어른들 틈에서 살면서 그들을 가까이에서 보아 왔던 것이다. 하지만 그렇다고 해서 그들에 대한 내 생각이 나아진 건 아니다.

어쩌다 조금 총명해 보이는 사람을 만날 때면 나는

늘 가지고 다니던 나의 그림 제1호를 꺼내 그 사람을 시험해 보고는 했다. 그 사람이 정말로 뭘 이해할 줄 아는 사람인가 알고 싶었던 것이다. 그러나 으레 그 사람은 "이건 모자군." 하고 대답하는 것이었다.

그러면 나는 보아뱀도, 원시림이나 별들에 관한 이야기도 그 앞에서는 하지 않았다. 그 대신 그가 이해할 수 있는 카드놀이나 골프 혹은 정치나 넥타이에 대해 이야기를 했다. 그러면 그 사람은 오늘 매우 괜찮은 사람 하나를 알게 되었다고 몹시 기뻐했다.

02

그래서 여섯 해 전에 사하라 사막에서 비행기가 고장을 일으킬 때까지 나는 마음을 털어놓을 수 있는 진실한 말동무 하나 없이 홀로 살아왔다. 내 비행기 엔진 속 어딘가가 부서져버린 사고였다. 정비사도 승객도 없었으므로 나는 혼자서 그 어려운 수리를 시도해 볼 수밖에 없었다. 그것은 나에게 죽느냐 사느냐 하는 큰 문제였다. 마실 물도 겨우 일주일치밖에 없었다.

첫날 저녁에 나는 사람 사는 곳에서 수천 마일 떨어진 사막에서 잠이 들었다. 넓은 바다 한가운데에 떠 있는 뗏목 위의 표류자보다 나는 더 고립되어 있었던 것이다. 그러니 해가 뜰 무렵 작고 이상한 목소리가 나를 깨웠을 때 내가 얼마나 놀랐을지 여러분은 상상할 수 있을 것이다.

"양 한 마리만 좀 그려줘!" 그 목소리가 말했다.

"뭐라고?"

"양 한 마리만 그려줘."

나는 깜짝 놀라 벌떡 일어나서 두 눈을 비비며 주위를 살펴보았다. 그랬더니 정말 이상하게 생긴 조그만 사내아이가 나를 진지한 얼굴로 바라보고 있는 것이었다. 훗날 내가 그 아이를 그린 그림 중에서 가장 잘 된 것이 여기 있다. 물론 내 그림은 실제 그 아이보다는 훨씬 덜 매력적이다. 그렇지만 그것은 내 잘못이 아니다. 여섯 살 때에 어른들 때문에 화가로 성공하기를 포기해 버렸고, 속이 보이거나 보이지 않는 보아뱀 외에는 아무것도 그리는 연습을 하지 않았으니까 말이다.

어쨌든 나는 그의 느닷없는 출현에 너무 놀라서 눈을 휘둥그렇게 뜨고 그를 바라보았다. 그때 내가 사람이 사는 곳에서 수천 마일이나 떨어진 곳에 있었다는 사실을 여러분은 부디 잊지 말아주길 바란다. 그런데 그 어린아이는 길을 잃은 것 같지도 않았고, 피로나 배고픔이나 또는 목마름이나 두려움에 시달리는 것처럼 보이지도 않았다. 사람이 사는 곳에서 수천 마일이나 떨어진 사막 한가운데에서 길을 잃은 어린아이의 모습은 그 어디에도 없었다. 내가 가까스로 입을 열어 말을 걸었다.

"그런데…… 너 여기서 대체 뭘 하고 있는 거니?"

그러자 그는 아주 심각한 이야기나 되는 듯이 조그맣

훗날 내가 그 아이를 그린 그림 중에서 가장 잘 된 것이 여기 있다.

게 되풀이해 말했다.

"부탁이야⋯⋯. 양 한 마리만 그려줘⋯⋯."

사람이란 니무나 신비스러운 일을 당하게 되면 누구나 거기에 순순히 따르게 마련이다. 사람이 사는 곳으로부터 수천 마일이나 떨어진 곳에서 죽음의 위험을 마주하고 있는 중에 참으로 엉뚱한 짓이라고 느껴지기는 했지만 나는 주머니에서 종이 한 장과 만년필을 꺼냈다. 그런데 내가 그동안 공부한 것은 지리와 역사와 산수 그리고 문법이라는 생각이 떠올라서, 나는 (기분이 좀 언짢아져서) 그 아이에게 그림을 그릴 줄 모른다고 말했다. 그러자 그 아이가 대답했다.

"괜찮아. 양 한 마리만 그려줘."

나는 양을 한 번도 그려 본 적이 없었으므로, 내가 그릴 수 있는 단 두 가지 그림들 중 속이 보이지 않는 보아뱀의 그림을 그려서 아이에게 보여주었다. 그러자 놀랍게도 그것을 본 아이가 이렇게 대답하는 것이었다.

"아냐, 아냐, 싫어! 코끼리를 삼킨 보아뱀은 싫어. 보아뱀은 너무 위험해. 그리고 코끼리는 너무 거추장스럽단 말이야. 내가 사는 곳은 아주 조그맣거든. 나는 양이 필요해. 양 한 마리만 그려줘."

그래서 나는 할 수 없이 양을 그렸다.

아이는 내 그림을 한동안 바라보더니, "아냐! 이 양은 벌써 병이 들었는걸. 다시 하나 그려줘."라고 말했다.

나는 또 그렸다. 그랬더니 내 친구는 상냥하게 미소를 짓더니 너그럽게 말했다.

"이것 봐……. 이건 양이 아니라 염소잖아. 뿔이 있으니까……."

그래서 난 또다시 그렸다. 하지만 새 그림도 앞의 것들과 마찬가지로 거절을 당했다.

"이건 너무 늙었어. 난 오래 살 수 있는 양을 갖고 싶어."

나는 비행기 엔진을 수리하는 일이 급했으므로 더 이상 참지 못하고 아무렇게나 쓱쓱 그림을 그려놓고는 한 마디 툭 던졌다.

"이건 상자야. 네가 원하는 양은 이 안에 있어."

그러자 놀랍게도 나의 어린 심판관의 얼굴이 환하게

밝아지는 것이 아닌가.

"그래! 이게 바로 내가 원하던 거야! 그런데 이 양에게 풀을 많이 주어야 할까?"

"그건 왜 묻지?"

"내가 사는 곳은 아주 작아서……."

"괜찮을 거야. 이건 아주 작은 새끼 양이니까."

그는 고개를 숙여 그림을 자세히 들여다보더니 이렇게 말했다.

"뭐 그렇게 작지도 않은걸…… 어머! 잠들었네……."

이렇게 해서 나는 어린 왕자를 알게 되었다.

03

그가 어디서 왔는지를 알게 되기까지는 꽤 오랜 시일이 걸렸다. 어린 왕자는 내게 많은 것을 물어보면서도 내 질문에는 귀를 기울이는 것 같지 않았다. 내가 그에 대해 차츰차츰 이해할 수 있었던 것도 그가 별 생각 없이 한 말들을 통해서였다. 가령, 내 비행기를 처음으로 보았을 때(나는 내 비행기를 그리지 않겠다. 그것은 내가 그리기에는 너무도 복잡한 그림이니까) 그는 나에게 이렇게 물었던 것이다.

"이 물건은 대체 뭐야?"

"그건 물건이 아니야. 그건 날아다니는 거야. 비행기지. 내 비행기야."

내가 날아다닌다는 사실을 그에게 가르쳐주면서 나는 자랑스러워졌다. 그런데 내 말을 듣고 난 그는 이렇게 소리쳤다.

"뭐라고! 그렇다면 아저씨가 하늘에서 떨어졌다고?"

"그래." 나는 겸손하게 대답했다.

"야! 그거 참 재미있다……."

그러고는 어린 왕자는 유쾌하게 까르르 웃어댔으므로 나는 기분이 몹시 언짢아졌다. 나는 남들이 내 불행을 진지하게 생각해 주기를 바라는 편이다. 그는 또 말했다.

"그럼 아저씨도 하늘에서 왔어? 어느 별에서 왔어?"

이 말에 나는 문득 이 존재의 신비로움을 이해하는데 한 줄기 빛이 비치는 걸 깨닫고 갑자기 물었다.

"그럼 넌 다른 별에서 왔니?"

그러나 그는 대답을 하지 않고 내 비행기를 바라보며 신중한 빛으로 가만히 고개를 끄덕일 뿐이었다.

"맞아. 저걸 타고서는 그렇게 멀리서 오지는 못했겠군……."

그러고는 그는 한참 동안 깊이 생각에 잠기더니 주머니에서 내가 그려준 양의 그림을 꺼내서 무슨 보물이나 되는 듯 열심히 들여다보았다.

'다른 별들'이라는 그

가 슬쩍 내비친 비밀에 내가 얼마나 호기심으로 몸이 달았겠는가를 여러분은 짐작하리라.

"얘, 너는 어디서 왔니? 네가 사는 곳이란 대체 어디니? 내가 그려준 양을 어디로 데려가려는 거지?"

그는 말없이 잠시 생각에 잠기더니 대답했다.

"잘 됐어. 아저씨가 준 상자가 밤이 되면 집으로 쓸 수 있을 테니까."

"그렇고말고. 그리고 네가 착하게만 굴면, 낮 동안에 양을 매어 놓을 수 있는 줄과 말뚝도 그려줄게."

그러나 이 제안은 어린 왕자를 몹시 놀라게 한 듯했다.

"매어 놓다니! 참 이상한 생각이네!"

"하지만 매어 놓지 않으면 아무 데로나 가버려서 길을 잃어버릴 수도 있을 텐데……."

그러자 내 친구는 다시 까르르 웃음을 터뜨렸다.

"아니 가긴 어디로 간다는 거야?"

"어디든지 곧장 앞으로……."

그러자 어린 왕자는 진지한 표정으로 말했다.

"괜찮아. 내가 사는 곳은 아주 작으니까!"

그리고 조금 슬픈 듯한 목소리로 덧붙였다.

"앞으로 곧장 간다 해도 멀리 갈 수가 없는걸."

소행성 B-612호에 있는 어린 왕자

04

　나는 이렇게 해서 아주 중요한 두 번째 사실을 알게
되었다. 그것은 그가 사는 별이 집 한 채보다 클까 말까
하다는 것이었다!

　그러나 나는 그 일로 그다지 크게 놀라지는 않았다.
지구, 목성, 화성, 금성같이 사람들이 이름을 붙여 놓은
커다란 별들 말고도 수백 개의 다른 떠돌이별들이 있는
데, 어떤 것들은 너무도 작아서 망원경으로도 잘 보이
지 않는다는 것을 나는 잘
알고 있었기 때문이다. 어
떤 천문학자가 그런 별 하
나를 발견하게 되면, 그
사람은 이름 대신 번호를 붙인
다. 예를 들면 '소행성 325호'라는 식
으로 부르는 것이다.

　나는 어린 왕자가 살던 별이 소행성 B-612
호라고 믿을 만한 상당한 근거를 가지고 있다.

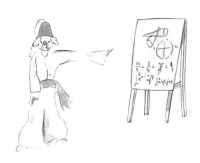

그 별은 1909년에 터키의 어느 천문학자가 딱 한 번 본
적이 있는 별이었다.

　그때 그는 '국제 천문학회'에서 자신의 발견을 훌륭
히 증명해 보였다. 그러나 그가 입고 있던 옷 때문에 아
무도 그의 말을 믿어주지 않았다. 어른들이란 언제나
이런 식이다.

　그런데 그때 터키의 한 독재자가 국민들에게 양복을
입지 않으면 사형에 처한다고 명령한 것은 소행성 B-
612호의 명성을 위해서는 다행스러운 일이었다. 그 천
문학자는 1920년에 매우 멋있는 옷을 입고 나가서 다
시 증명했다. 그러자 이번에는 모두들 그의 말을 믿어
주었다.

　내가 소행성 B-612호에 관해 이렇게 자세히 이야기하고 그 번호까지 일러주는 것은 어른들 때문이다. 어른들은 숫자를 좋아한다. 만약 여러분이 새로 사귄 친구 이야기를 하면 어른들은 결코 중요한 것은 묻지 않는다.

　"그 애 목소리는 어떠니? 그 애가 좋아하는 놀이는 무엇이니? 그 친구도 나비를 수집하니?"라는 말을 그들은 절대로 묻지 않는다. 대신 "그 애는 몇 살이니? 형제는 몇 명이고? 몸무게는? 아버지 수입은 얼마야?"라고 묻는다. 그리고 그걸로 그 친구가 어떤 사람인지 알게 되었다고 생각하는 것이다. 만약 여러분이 어른들에게 "창가에 제라늄 화분이 있고 지붕에는 비둘기가 앉아 있는 분홍빛 벽돌로 지은 아주 예쁜 집을 보았어요."라고 말하면 어른들은 그 집이 어떤 집인지 도저히 상상하지 못한다. 어른들에게는 "이 만 달러짜리 집을 보았어요."라고 말해야만 한다. 그러면 그들은 "아, 참 좋은 집이구나!"라고 외친다.

마찬가지로 여러분이 "어린 왕자가 있었다는 증거는 그가 매혹적이었고, 웃었으며, 또 양 한 마리를 가지고 싶어 했다는 것이에요. 어떤 사람이 양을 갖고 싶어 한다면 그건 어린 왕자가 이 세상에 있는 증거니까요."라고 어른들에게 말한다면 그들은 어깨를 으쓱하고는 여러분을 어린아이 취급할 것이다. 그렇지만 "어린 왕자가 떠나온 별은 소행성 B-612호예요."라고 말한다면 어른들은 여러분의 말에 수긍하고 더 이상 쓸데없는 질문들을 해대며 여러분을 귀찮게 하지 않을 것이다. 어른들은 다 이렇다. 그렇지만 그들을 나쁘게 생각해서는 안 된다. 어린아이들은 어른들을 항상 너그럽게 대해야만 한다.

하지만 인생을 이해하는 우리들은 숫자 같은 것은 아랑곳하지 않는다! 나는 처음부터 이 이야기를 동화처럼 시작하고 싶었다. 즉 이렇게 말하려고 했었다.

"옛날 옛적에 자신보다 조금 더 클까 말까 한 별에서 살고 있는 어린 왕자가 있었는데 그는 친구를 사귀고 싶었습니다. 그래서……."

인생을 이해하는 사람들에게는 이게 훨씬 더 진실 된 느낌을 주었을 것이다.

왜냐하면 나는 사람들이 내 책을 건성으로 읽는 것을 바라지 않기 때문이다. 이 추억을 이야기하면서 나는 깊은 슬픔을 느낀다. 내 친구가 그의 양과 함께 떠나버린 지도 벌써 여섯 해가 된다. 내가 여기서 그를 묘사해 보려 애쓰는 것은 그를 잊지 않기 위해서다. 친구를 잊는다는 것은 슬픈 일이니까. 누구나 다 친구가 있는 것은 아니다. 그를 잊는다면 나도 숫자밖에 모르는 어른이 되어 버릴지도 모른다.

내가 그림물감 한 상자와 연필을 산 것은 이런 까닭에서였다. 여섯 살 때에 속이 보이는 보아뱀과 속이 보이지 않는 보아뱀 말고는 한 번도 그림을 그려 본 일이 없는 내가 이 나이에 다시 그림을 그린다는 것은 정말 힘든 노릇이다! 물론 되도록 실물에 가까운 초상화를 그려 보려고 노력은 하겠다. 하지만 꼭 성공하리라는 자신은 없다. 어떤 그림은 그런 대로 괜찮은데 또 어떤 그림은 전혀 다른 것이 되어버린다. 키도 조금씩 다르다. 여기서는 어린 왕자가 너무 크고 저기서는 또 너무 작다. 그의 옷 색깔에 대해서 역시 자신이 없다. 그러니 나로서는 그럭저럭 짐작해서 그리는 수밖에 없다. 따라서 보다 중요한 어떤 부분을 잘못 그릴지도 모른다. 하지만 그것은 용서해 주어야 한다. 내 친구는 내게 자세한 설명을 해준 적이 없기 때문이다. 아마 그는 내가 자기와 비슷하다고 생각했던 것인지도 모르겠다. 그러나 불행히도 나는 상자 안에 들어 있는 양을 볼 줄은 모른다. 나도 조금은 어른들과 비슷한 모양이다. 아마 늙은 모양이다.

05

　나는 어린 왕자가 살던 별과 그가 그 별에서 떠나온 것, 그리고 그의 여행에 대해 날마다 조금씩 알게 되었다. 어린 왕자가 무심결에 하는 말들을 통해 서서히 그렇게 된 것이었다. 사흘째 되는 날 바오밥나무의 비극을 알게 된 것도 그렇게 해서였다.

　이번에도 역시 양 덕분이었다. 어린 왕자가 갑자기 중대한 의문이 생긴 듯이 이렇게 물었다.

　"양이 작은 나무를 먹는다는 게 정말이지?"

　"그럼, 정말이지."

　"아! 다행이다!"

　양이 작은 나무를 먹는다는 게 왜 그리 중요한지 나로서는 알 수 없는 일이었다. 어린 왕자는 말을 이었다.

　"그럼 바오밥나무도 먹겠네?"

　나는 어린 왕자에게 바오밥나무는 작은 나무가 아니라 성당만큼이나 거대한 나무고, 한 떼의 코끼리를 몰고 간다 해도 바오밥나무 한 그루를 당해내기가 어려울 것이라고 일러주었다.

한 때의 코끼리라는 말에 어린 왕자는 웃으면서 말했다.

"그럼 코끼리들을 차곡차곡 포개 놓아야겠네……."

그런데 그가 총명하게도 이렇게 말했다.

"바오밥나무도 커다랗게 자라기 전에는 작은 나무였지?"

"물론이지! 그런데 왜 양이 바오밥나무를 먹어야 한다는 거니?"

어린 왕자는 그것은 굳이 물어볼 필요조차 없이 당연하다는 듯이 대꾸했다.

"아이 참!"

그래서 나는 혼자서 그 수수께끼를 푸느라고 한참 머리를 짜내야만 했다.

사실 어린 왕자가 사는 별에는 다른 모든 별들과 마찬가지로 좋은 풀과 나쁜 풀들이 있었다. 따라서 좋은 풀의 좋은 씨앗과 나쁜 풀의 나쁜 씨앗이 있다는 뜻이다. 하지만 씨앗들은 눈에 보이지 않는다. 그것들은 땅

속 은밀한 곳에서 잠들어 있다가 그중 하나가 갑작스레 잠에서 깨어나고 싶은 기분에 사로잡힌다. 그러면 그 씨앗은 기지개를 켠 다음 귀엽고 조그마한 어린 새싹을 태양을 향해 쏘옥 내민다. 그것이 만약 무나 장미의 싹이라면 마음껏 자라도록 내버려두어도 된다. 하지만 나쁜 식물일 경우에는 눈에 띄는 대로 뽑아버려야 한다. 그런데 어린 왕자의 별에는 무시무시한 씨앗들이 있는데, 그게 바로 바오밥나무의 씨앗들이었다. 그 별의 땅에는 온통 바오밥나무 씨앗 투성이였다. 그런데 바오밥나무는 제때에 뽑지 않으면 영영 없애버릴 수가 없게 된다. 그렇게 되면 바오밥나무는 별을 온통 엉망으로 만드는 것이다. 그 뿌리가 별에 구멍을 뚫고 파고들기 때문이다. 그래서 별은 너무 작은데 바오밥나무가 너무 많으면 별이 산산조각이 나버리고 마는 것이다.

어린 왕자는 나중에 이렇게 말해 주었다.

"그건 규율의 문제야. 아침에 일어나 세수를 하고 나면 별도 정성들여 몸단장을 해주어야 해. 규칙적으로 신경을 써서 장미와 바오밥나무를 구별할 수 있게 되면 즉시 뽑아버려야 하거든. 바오밥나무가 아주 어렸을 때에는 장미와 매우 비슷하게 생겨서 굉장히 귀찮은 일이

지만 매우 쉬운 일이기도 해."

그리고 어느 날 어린 왕자는 내게 지구에 사는 어린이들 머릿속에 꼭 박히도록 예쁜 그림을 하나 그려 보라고 했다.

"언젠가 그 어린이들이 여행을 할 때, 그것이 도움이될 수도 있을 거야. 할 일을 뒤로 미루는 것이 때로는 아무렇지도 않을 수 있지만 바오밥나무 뽑는 일을 미뤘다가는 큰 재난이 따르는 법이야. 게으름뱅이가 살고있는 어느 별을 나는 알고 있었어. 그는 작은 바오밥나무 세 그루를 무심히 내버려두는 바람에……"

그래서 어린 왕자가 가르쳐주는 대로 나는 그 별을 그렸다. 나는 원래 성인군자 같은 말투를 그리 좋아하지 않는다. 그러나 바오밥나무의 위험에 대해 너무나도 모르고 있고 또 소행성에서 길을 잃은 사람이 겪을 위험을 생각해서 나는 처음으로 딱 한 번 그런 체면을 버리고 이렇게 말하고자 한다.

"어린이들이여! 바오밥나무를 조심하라!"

내가 이 그림을 이처럼 정성껏 그린 것은 내 친구들에게 경각심을 불러일으키기 위해서이다. 그들은 나와 마찬가지로 오래전부터 자신들도 모르는 사이에 이 위

바오밥나무들

험에 둘러싸여 있었다. 내가 전하려는 교훈은 이 그림을 그리느라 수고할 말한 가치가 있다는 것이다.

여러분들은 이런 의문이 생길지도 모르겠다. 이 책에는 왜 바오밥나무의 그림만큼 장엄한 그림들이 또 없느냐고. 그 대답은 간단하다. 다른 그림들도 그렇게 그리려 애써 보았지만 뜻대로 되지 않은 것이다. 바오밥나무를 그릴 때에는 너무나도 절박한 심정에 영감이 더해졌기 때문이다.

06

아! 어린 왕자여! 너의 쓸쓸하고 소박한 생활을 이렇게 해서 나는 조금씩 알게 되었지. 참으로 기나긴 세월 동안 너의 마음을 달래주는 것이라고는 해질녘 풍경을 감미롭게 바라보는 것밖에 없었지. 나흘째 되는 날 아침에서야 나는 그 새로운 사실을 알게 되었어. 네가 내게 이렇게 말했거든.

"나는 해질 무렵을 좋아해. 해지는 걸 보러 같이 가……."

"기다려야지……."

"뭘 기다리지?"

"해가 지기를 기다려야지."

너는 처음에는 몹시 놀란 표정을 지었지만 이내 자기의 잘못을 깨닫고는 웃었지. 그러고는 너는 이렇게 말했어.

"아참, 여기가 우리 집인 줄 알았네!"

사실이 그러하다. 모두들 알고 있듯이 미국에서 정오일 때 프랑스에서는 해가 진다. 프랑스로 단숨에 달려

갈 수만 있다면 해가 지는 광경을 볼 수 있을 것이다.
그러나 불행하게도 프랑스는 너무나 멀리 떨어진 곳
에 있다. 그러나 너의 조그만 별에서는 의자를 몇 발
짝 뒤로 옮겨 놓기만 하면 되었지. 그래서 언제나 원
할 때면 너는 석양을 바라볼 수 있었지…….

"어느 날 나는 마흔네 번이나 해가 지는 걸 보았
어!"

그리고 잠시 후에 너는 말했어.

"마음이 몹시 슬플 때는 지는 해의 모습이 정말 좋
아…….

"그럼 마흔네 번이나 본 날 너는 몹시 슬펐구나?"

그러나 어린 왕자는 아무런 대답도 하지 않았다.

07

닷새째 되는 날 역시 양 덕분에 어린 왕자의 생활에 얽힌 비밀을 한 가지 더 알게 되었다. 그가 오랫동안 혼자서 고심했던 문제나 되는 듯이 불쑥 나에게 물었다.

"양은 작은 나무를 먹으니까 꽃도 먹겠지?"

"양은 닥치는 대로 다 먹지."

"가시가 있는 꽃도?"

"그럼. 가시가 있는 꽃도 먹고말고."

"그런데 가시는 꽃에게 왜 필요하지?"

나 역시 그것은 알지 못했다. 나는 그때 내 비행기 엔진의 너무 꽉 죄어진 볼트를 푸느라 정신이 없었다. 또 비행기 고장이 너무 심각한 것 같았고 마실 물이 바닥을 드러내고 있어 최악의 상태를 당할까 두려웠기 때문에 나는 무척 불안했던 것이다.

"가시는 어디에 필요한 거야?"

어린 왕자는 일단 질문을 하면 결코 포기하는 법이 없었다. 나는 볼트 때문에 신경이 곤두서 있었으므로 되는 대로 아무렇게나 대답해 버렸다.

"가시는 아무짝에도 쓸모가 없어. 꽃들이 공연히 심술을 부리고 있는 거야."

"그래?"

잠시 아무 말이 없다가 어린 왕자는 원망스럽다는 듯이 나에게 톡 쏘아붙였다.

"그건 거짓말이야! 꽃들은 연약해. 그리고 또 순진해. 꽃들은 그들이 할 수 있는 방식으로 자신을 보호하는 거야. 가시가 있으면 자기들이 힘센 꽃이 된다고 믿고 있는 거야……."

나는 아무 대꾸도 하지 않았다. 그때 나는 '이 볼트가 끝내 말썽을 부리면 망치로 두들겨서 빼내야지.'라고 마음먹고 있었는데, 어린 왕자가 또다시 내 생각을 방해했다.

"그럼 아저씨 생각으로는 꽃들이……."

"그만! 제발 좀 그만해 둬! 아무래도 좋아! 아무렇

게나 대담했을 뿐이야. 난 지금 굉장히 중요한 일로 바쁘단 말이야!"

그는 깜짝 놀라서 나를 바라보았다.

"중요한 일이라고?"

어린 왕자는 온통 기름투성이가 된 손에 망치를 들고 흉측해 보이는 물체 위로 몸을 기울이고 있는 나의 모습을 물끄러미 바라보고 있었다.

"아저씨는 어른들처럼 말하고 있잖아!"

이 말에 나는 조금 부끄러워졌다. 그런데도 그는 사정없이 말을 이어갔다.

"아저씨는 모든 걸 혼동하고 있어……. 모든 걸 혼동하고 있단 말이야!"

그는 정말로 화가 나 있었다. 그의 황금빛 머리카락이 바람에 나부꼈다.

"시뻘건 얼굴의 신사가 살고 있는 별을 나는 알고 있어. 그는 꽃향기라고는 맡아 본 적이 없는 사람이야. 별을 바라본 적도 없고 어느 누구를 사랑해 본 적도 없어. 그가 하는 것이라고는 오로지 계산하는 것뿐이야. 그래서 하루 종일 아저씨처럼 '나는 중요한 일을 하는 사람이야! 나는 중요한 일을 하는 사람이야!' 라는 말만 되풀이하고 있지. 그래서 교만으로 가득 차 있어. 하지만 그는 사람이 아니야. 버섯이야!"

"뭐라고?"

"버섯이라니까!"

어린 왕자는 얼마나 화가 났는지 분노로 얼굴이 하얗게 질려 있었다.

"수백만 년 전부터 꽃들은 가시를 만들었어. 양도 수백만 년 전부터 그 꽃을 먹어 왔고. 그런데도 꽃들이 왜 그렇게 애써서 아무짝에도 쓸모없는 가시를 만들어내는지 알려는 건 중요한 일이 아니라는 거지? 양과 꽃들의 전쟁이 중요한 게 아니라는 거지? 그게 시뻘건 얼굴의 뚱뚱한 신사가 하는 계산보다 더 중요하지 않단 말이야? 그래서 이 세상 아무 데도 없고 오직 나의 별에만 있는 단 하나뿐인 한 송이 꽃을 내가 알고 있고, 작은 양이 어느 날 아침 무심코 그걸 먹어버릴 수도 있다는 건 중요한 일이 아니라는 거지?"

어린 왕자는 얼굴이 새빨개져서 말을 계속했다.

"수백만 개의 별들 중에 단 하나밖에 존재하지 않는 꽃을 사랑하고 있는 사람은 그 별들을 바라보는 것만으로도 행복할 수 있어. 그는 속으로 '내 꽃이 저 별들 어단가에 있겠지······.' 하고 생각할 거야. 하지만 만약 양이 그 꽃을 먹어버리면 그 사람에게는 모든 별들이 갑자기 사라져버리는 거나 마찬가지야! 그런데도 그게 중요하지 않다는 거지!"

그는 더 이상 말을 잇지 못했다. 그는 별안간 흐느껴 울기 시작했다. 어느새 밤이 내린 뒤였다. 나는 손에서 연장들을 놓아버렸다. 망치도 볼트도 목마름도 죽음마저도 모두 하찮게 생각되었다. 어떤 별, 어떤 떠돌이별 위에 나의 별, 이 지구 위에 위로해 주어야 할 한 어린 왕자가 있는 것이었다! 나는 그를 두 팔로 껴안았다. 그를 부드럽게 흔들면서 나는 말했다.

"네가 사랑하는 그 꽃은 위험하지 않아······. 내가 양의 입에 씌울 입마개를 그려줄게······. 네 꽃 주위에는 울타리를 그려주고······ 나는······."

나는 더 이상 무어라 말해야 좋을지 알 수 없었다. 나 자신이 무척 서툴게 느껴졌다. 어떻게 그를 달래주어야 할지, 어떻게 그의 마음을 되돌려야 할지 도무지 갈피를 잡을 수가 없었다. 눈물의 나라는 그처럼 신비로운 것이다.

08

　나는 곧 그 꽃에 대해 더 많은 것을 알게 되었다. 어린 왕자의 별에는 전부터 꽃잎이 한 겹인 작은 꽃들이 살고 있었다. 그 작은 꽃들은 자리를 별로 차지하지도 않았고 아무도 귀찮게 하지 않았다. 그들은 어느 날 아침 풀 속에 나타났다가는 저녁이면 곧 사라져버리곤 했다.

　그런데 그 꽃은 어딘지 모를 곳에서 날아온 씨앗으로부터 어느 날 싹을 틔웠다. 그래서 어린 왕자는 다른 싹들과는 닮지 않은 그 꽃의 싹을 주의 깊게 지켜보았다. 새로운 종류의 바오밥나무인지도 모를 노릇이었다. 그러나 그 작은 나무는 곧 성장을 멈추고 꽃을 피울 준비를 하기 시작했다. 커다란 꽃망울이 맺히는 것을 지켜보던 어린 왕자는 거기에서 어떤 기적 같은 것이 나타날 것만 같았다. 그러나 꽃은 초록색 방 속에 숨어서 언제까지고 아름다워질 준비만 하고 있었다. 꽃은 세심하게 빛깔을 고르고, 천천히 옷을 입고는 꽃잎을 하나둘씩 다듬고 있었다. 그 꽃은 개양귀비처럼 구겨진 모습으로 나타나고 싶지는 않은 모양이었다. 자신의 아름다움이 최고로 빛을 발할 때 나타나고 싶어 했다. 아! 정말이지 참으로 매력적인 꽃이었다. 그 신비로운 몸단장은 그래서 며칠이고 계속되었다. 그리하여 어느 날 아침, 해가 떠오르는 바로 그 시간에 그 꽃은 모습을 드러냈다.

그런데 그처럼 공들여 몸치장을 한 그 꽃은 하품을 하며 말하는 것이었다.

"아! 이제 막 잠이 깼답니다…… 용서하세요……. 제 머리가 온통 헝클어져 있네요……."

어린 왕자는 감탄을 억누를 수 없었다.

"정말 아름다우시군요!"

"그렇죠? 나는 해와 같은 시간에 태어났답니다……."

꽃이 살며시 대답했다.

어린 왕자는 그 꽃이 그다지 겸손하지는 않다는 것을 알아챘다. 하지만 그 꽃은 너무도 감동적이지 않은가! 잠시 후에 꽃이 말했다.

"아침 식사 시간이군요. 제 생각을 해주실 수 있으신지요……."

이 말에 어린 왕자는 몹시 당황했지만 신선한 물이 담긴 물뿌리개를 가져와서 꽃의 시중을 들어주었다.

이렇듯 꽃은 태어나자마자 까다로운 허영심으로 어린 왕자를 괴롭히기 시작했다. 어느 날은 자기가 가진 네 개의 가시에 대해 이야기하면서 어린 왕자에게 이렇게 말했다.

"호랑이들이 발톱을 세우고 덤벼들어도 끄떡없어요!"

"내 별에 호랑이는 없어요. 그리고 호랑이는 풀을 먹지도 않고요."라고 어린 왕자가 대꾸했다.

"나는 풀이 아니에요."

꽃이 살며시 대답했다.

"미안해요……."

"난 호랑이 따위는 조금도 무섭지 않지만 바람은 질색이랍니다. 혹시 바람막이 가지고 있으세요?"

'바람은 질색이라니…… 식물이 그러면 어떡하지? 이 꽃은 아주 까다롭군……' 하고 어린 왕자는 생각했다.

"저녁에는 나에게 유리 덮개를 씌워주세요. 당신이 살고 있는 이곳은 매우 춥군요. 시설도 좋지 않고요. 내가 살던 곳은……"

그러나 꽃은 말을 잇지 못했다. 그 꽃은 씨앗의 형태로 이곳에 온 것이다. 그러니 다른 세상에 대해서 아는 게 있을 리가 없었다. 그처럼 빤한 거짓말을 하려다 들킨 게 부끄러워진 꽃은 자기 잘못을 어린 왕자 탓으로 돌리려는 듯 기침을 두어 번 했다.

"바람막이는 어떻게 됐나요?"

"찾아보려는 참이었는데 당신이 말을 계속했잖아요!"

그러자 꽃은 어린 왕자에게 가책을 느끼게 하려고 일부러 더 심하게 기침을 했다.

이렇게 하여 어린 왕자는 사랑에서 우러나온 호의를 가지고 있었으면서도 그 꽃을 이내 의심하기 시작했다. 그는 꽃이 하는 대수롭지 않은 말들을 심각하게 받아들이고 몹시 불행해졌다.

어느 날 그는 내게 속마음을 털어놓았다.

"그 꽃이 하는 말에 귀를 기울이지 말았어야 했어. 꽃들의 말에는 절대로 귀를 기울이면 안 되는 법이야. 바라보고 향기를 맡기만 해야 해. 내 꽃은 내 별을 향기로 뒤덮었어. 그런데도 나는 그것을 즐길 줄 몰랐어. 나를 그토록 성가시게 했던 그 발톱 이야기도 측은한 마음으로 듣고 이해해 주어야 옳았던 거야……."

그는 또 이렇게도

말했다.

"나는 그때 아무것도 이해할 줄 몰랐어. 그 꽃의 말이 아니라 행동을 보고 판단했어야만 했어. 그 꽃은 나에게 향기를 풍겨주고 내 마음을 환하게 해주었어. 결코 도망치지 말았어야 하는 건데! 그 가련한 꾀 뒤에는 애정이 숨어 있다는 걸 눈치 챘어야 하는 건데. 아, 꽃들이란 얼마나 모순된 존재들인지! 하지만 그때 난 너무 어려서 그 꽃을 미처 사랑할 줄 몰랐던 거야."

09

　나는 어린 왕자가 철새들의 이동을 이용하여 별을 떠나왔으리라 생각한다. 떠나는 날 아침에 그는 그의 별을 잘 정돈해 놓았다. 그는 활화산들을 정성스레 쑤셔서 청소했다. 그의 별에는 활화산이 둘 있었다. 그것은 아침 식사를 데우는 데 아주 편리했다.

　휴화산도 하나 있었는데 그건 그의 말처럼 "언제 다시 불을 뿜을지 알 수 없는 것이었다." 그래서 그는 불 꺼진 휴화산도 잘 청소해 두었다. 화산들이 잘 청소되어 있을 때는 규칙적으로 부드럽게 타올라 폭발하는 일이 없다. 화산 폭발이란 이를테면 벽난로의 굴뚝과 마찬가지인 것이다.

　물론 우리 지구에서는 우리가 너무 작아 화산을 청소할 수가 없다. 그런 까닭에 우리는 화산 폭발로 인해서 숱한 곤란을 당하게 되는 것이다.

　어린 왕자는 좀 서글픈 심정으로 바오밥나무의 마지막 싹들도 뽑아냈다. 다시는 돌아오지 못하리라 그는

그는 활화산들을 정성스레 쑤셔서 청소했다.

생각하고 있었다. 그런데 친숙한 그 모든 일들이 그날 아침에는 유난히 다정하게 느껴졌다. 그래서 마지막으로 그 꽃에 물을 주고 유리 덮개를 씌워주려는 순간 그는 울고 싶은 심정이었다.

"잘 있어."

그는 꽃에게 말했다. 그러나 꽃은 대답하지 않았다.

"잘 있어."

그가 다시 말했다.

그러자 꽃은 기침을 했다. 하지만 그것은 감기 때문이 아니었다.

"내가 어리석었어. 용서해 줘. 그리고 행복해야 돼."

이윽고 꽃이 말했다.

어린 왕자는 꽃이 비난하듯이 말하지 않는 사실에 놀랐다. 그는 유리 덮개를 손에 든 채 어쩔 줄 모르고 멍하니 서 있었다. 갑자기 조용하고 부드러워진 꽃의 태도를 이해할 수 없었다.

"그래, 난 너를 좋아해." 꽃이 말했다. "하지만 넌 그걸 전혀 몰랐지. 내 잘못이었어. 아무래도 좋아. 하지만 너도 나와 마찬가지로 어리석었어. 부디 행복해…… 유리 덮개는 내버려둬. 그런 건 이제 필요 없어."

"하지만 바람이 불면……."

"내 감기가 그리 심한 건 아냐……. 시원한 밤바람은 오히려 내게 좋을 거야. 나는 꽃이니까."

"그래도 짐승들이……."

"나비를 보려면 쐐기벌레 두세 마리쯤은 견뎌야지 뭐. 나비는 무척 아름다운 모양이니까. 나비가 아니라면 누가 또 나를 찾아주겠어? 너는 멀리 가버릴 테고. 커다란 짐승들은 두렵지 않아. 나도 발톱이 있으니까."

그러면서 꽃은 천진난만하게 네 개의 가시를 보여주었다. 그리고 다시 말을 이었다.

"그렇게 우물쭈물하고 있지 마. 신경질 나. 떠나기로 결심했으니 어서 가."

꽃은 울고 있는 자기 모습을 어린 왕자에게 보이고 싶지 않았던 것이다. 그만큼 자존심이 강한 꽃이었다…….

10

어린 왕자는 소행성 325호, 326호, 327호, 328호, 329호 그리고 330호와 이웃해 있었다. 그래서 일거리도 구하고 견문도 넓힐 생각으로 그 별들부터 둘러보기로 했다.

첫 번째 별에는 왕이 살고 있었다. 그 왕은 주홍빛 천과 흰 담비 모피로 된 옷을 입고 매우 검소하지만 위엄 있는 옥좌에 앉아 있었다.

"아! 신하가 한 명 왔구나!"

어린 왕자를 보고 왕이 큰 소리로 외쳤다.

그래서 어린 왕자는 속으로 생각했다.

'나를 한 번도 본 적이 없는데 어떻게 내가 누군지를 알아볼까?'

왕에게는 세상이 아주 간단하다는 것을 어린 왕자는 알지 못했던 것이다. 즉 왕에게는 모든 사람이 다 신하인 것이다.

"짐이 너를 좀 더 잘 볼 수 있도록 가까이 다가오라."

어떤 한 사람의 왕이 된 것이 무척 자랑스러워진 왕이 말했다.

어린 왕자는 앉을 자리를 찾아보았으나 그 별은 온통 흰 담비 모피로 된 호화스러운 망토로 뒤덮여 있었다. 그래서 그는 그대로 서 있었다. 그리고 너무나 피곤했으므로 하품을 했다.

"왕 앞에서 하품하는 것은 예절에 어긋나는 일이니라. 짐은 하품을 금지하노라."

왕이 말했다.

"도저히 하품을 참을 수가 없어요. 오랫동안 여행을 하느라 잠을 자지 못했거든요……."

어리둥절해진 어린 왕자가 말했다.

"그렇다면 네게 명하노니 하품을 하도록 하라. 하품하는 걸 본 지도 여러 해가 되었구나. 하품하는 모습은 짐에게는 신기한 구경거리니라. 자! 또 하품을 하라. 명령이니라."

왕이 말했다.

"그렇게 말씀하시니까 겁이 나서…… 하품이 나오지 않아요……."

얼굴을 붉히며 어린 왕자가 말했다.

"어흠! 어흠! 그렇다면 짐이…… 짐이 명하노니 어떤 때는 하품을 하고 또 어떤 때는……."

왕이 뭐라고 중얼거렸는데 심기가 편치 않은 기색이었다.

왜냐하면 그 왕은 자신의 권위가 존중되기를 무엇보다도 원하고 있었기 때문이었다. 불복종은 용서할 수 없는 것이었다. 그는 전제군주였다. 하지만 매우 선량한 사람이어서 사리에 맞지 않는 명령을 내리는 법은 없었다.

"만약에 짐이 어떤 장군에게 물새로 변하라고 명령했는데도 그 장군이 명령에 따르지 않았다면 그건 장군의 잘못이 아니니라. 그건 짐의 잘못이니라."라고 그는 평상시에 늘 말하곤 했다.

"저…… 앉아도 되나요?"

어린 왕자가 조심스레 물었다.

"네게 앉기를 명하노라."

왕이 흰 담비 모피로 된 망토 한 자락을 위엄 있게 걷어올리며 대답했다.

그러나 어린 왕자는 의아해하고 있었다. 별이 아주 조그마한데 왕은 대체 무엇을 다스린다는 걸까?

"폐하, 한 가지 여쭈어도 좋을까요?"

"네게 명하노니, 질문을 하라."

"폐하! 폐하는 무엇을 다스리고 계신지요?"

"모든 것을 다스리노라."

왕은 매우 간단하게 대답했다.

"모든 것을요?"

그러자 왕은 신중한 몸짓으로 자기 별과 다른 별들과 떠돌이별들을 가리켰다.

"이 모든 것을요?"

어린 왕자가 물었다.

"그럼. 이 모든 것을."

그는 전제군주였을 뿐 아니라 우주의 군주이기도 했던 것이다.

"그럼 별들도 폐하에게 복종하나요?"

"물론이니라. 즉각 복종하노라. 규율을 어기는 것을 짐은 용서치 않느니라."

어린 왕자는 이처럼 굉장한 권력에 경탄했다. 만약 자기도 그런 힘을 가졌다면 의자를 뒤로 물리지 않고도 하루에 마흔네 번 아니라, 일흔두 번, 아니 백 번, 이백 번이라도 해지는 것을 볼 수 있을 텐데! 그러자 자기가 떠나온 작은 별에 대한 추억 때문에 조금 슬퍼진 어린 왕자는 용기를 내어 왕에게 감히 부탁해 보았다.

"폐하, 저는 해가 지는 것을 보고 싶습니다……. 저의 소원을 들어주십시오……. 해에게 지금 지도록 명령해 주십시오……."

그러자 왕이 대답했다.

"만일 짐이 어떤 장군에게 나비처럼 이 꽃에서 저 꽃으로 날아다닐 것을 명령하거나 비극 작품을 한 편 쓰라고 명령하거나 혹은 물새로 변하도록 명령했는데 그 장군이 복종하지 않는다면 그건 그의 잘못일까, 짐의 잘못일까?"

"폐하의 잘못이시죠."

어린 왕자가 단호하게 말했다.

"옳으니라. 누구에게나 그가 이행할 수 있는 것을 요구해야 하는 법이니라. 권위는 무엇보다도 이성에 근거를 두어야 하느니라. 만일 네가 너의 백성들에게 바다에 몸을 던지라고 명령한다면 그들은 반란을 일으킬 것이니라. 짐이 복종을 요구할 권리가 있는 것은 짐의 명령이 이성에 맞는 까닭이니라."

"그럼 제가 해지는 광경을 보게 해주십사 한 것은요?"

한 번 한 질문은 절대로 잊어버리지 않는 어린 왕자가 다시 말했다.

"해가 지는 것을 네가 보게 해주겠노라. 짐이 명령하겠노라. 하지만 내 통치 신념에 따라 조건이 갖추어지기를 기다리겠노라."

"언제 그렇게 되나요?"

어린 왕자가 물었다.

그러자 왕은 커다란 달력을 보더니 대답했다.

"에헴, 에헴! 오늘 저녁…… 오늘 저녁…… 일곱 시
사십 분쯤일 것이니라! 짐의 명령이 얼마나 잘 이행되
는지 너는 보게 될 것이다."

어린 왕자는 하품이 나왔다. 해지는 광경을 못 보게
되어 섭섭했다. 그리고 벌써 조금 심심해졌다.

"이제 저는 여기서 할 일이 없군요. 다시 떠나가 보겠
습니다!"

"떠나지 말라. 떠나지 말라. 너를 대신으로 삼겠노라!"

신하를 하나 거느리게 된 것이 몹시 자랑스러운 왕이
말했다.

"무슨 대신이요?"

"에에…… 법무대신이니라!"

"하지만 여기엔 재판할 사람이 아무도 없는데요!"

"그건 모를 노릇이지. 짐은 아직 짐의 왕국을 돌아보
지 않았느니라. 짐은 너무 늙었고, 사륜마차를 둘 자리
도 없고, 걸어 다니기도 매우 힘이 드느니라."

왕이 말했다.

"아! 제가 벌써 다 보았어요."

어린 왕자가 허리를 굽혀 별의 저쪽을 다시 한 번 바라보면서 말했다.

"저쪽에도 아무도 살지 않아요……."

"그럼 네 자신을 심판하거라. 그것이 가장 어려운 일이니라. 다른 사람을 심판하는 것보다 자기 자신을 심판하는 게 훨씬 더 어려운 법이니라. 네가 너 스스로를 훌륭히 심판할 수 있다면 그건 네가 참으로 지혜로운 사람인 까닭이니라."

왕이 대답했다.

"저는 어디서든 저를 심판할 수 있어요. 굳이 여기서 살 필요는 없어요."

어린 왕자가 말했다.

"에헴! 에헴! 내 별 어딘가에 늙은 쥐 한 마리가 살고 있는 줄로 알고 있다. 밤이면 소리가 들리느니라. 그 늙은 쥐를 심판하거라. 때때로 그에게 사형선고를 내리거라. 그러면 그의 생명이 너의 심판에 달려 있게 되느니라. 그렇지만 매번 그에게 특사를 내려 그 쥐를 아끼도록 하라. 단 한 마리뿐인 까닭이니라."

"저는 사형선고를 내리는 일 따위는 하기 싫습니다. 아무래도 그만 가 봐야겠습니다."

어린 왕자가 대답했다.

"가지 말라."

왕이 말했다. 어린 왕자는 떠날 채비를 마쳤으나 늙은 왕을 섭섭하게 하고 싶지는 않았다.

"폐하의 명령이 지켜지기를 원하신다면 제게 이치에 맞는 명령을 내려주시면 되잖아요. 이를테면 제게 일 분 내로 이곳을 떠나라고 명령하실 수 있으시잖아요. 지금 그 명령을 내리기에 조건이 좋은 것 같은데요……."

왕이 아무런 대답도 하지 않기에 어린 왕자는 머뭇거리다가 한숨을 한 번 내쉬고는 길을 떠났다.

"짐은 그대를 외교관으로 명하노라."

왕이 황급히 외쳤다. 그는 매우 위엄 있는 표정을 짓고 있었다.

'어른들이란 참 알 수 없단 말이야.'

어린 왕자는 여행하면서 속으로 중얼거렸다.

11

두 번째 별은 허영심으로 가득한 사람이 살고 있었다.

"아! 아! 저기 나를 찬양하는 사람이 찾아오는군!"

어린 왕자를 보자마자 허영심 많은 사람이 멀리서부터 외쳤다. 허영심 많은 사람들 눈에 다른 사람들은 모두 자기를 찬양해 주는 사람들로 보이는 것이다.

"안녕하세요. 참 이상한 모자를 쓰고 계시는군요."

어린 왕자가 말했다.

"답례를 하기 위해서지. 나에게 사람들이 환호를 보낼 때 답례를 하기 위해서라네. 그런데 불행하게도 이리로 지나가는 사람이 아무도 없어."

허영심 많은 사람이 대답했다.

"아 그래요?"

무슨 말인지 이해하지 못한 어린 왕자가 말했다.

"두 손을 마주 두드려 봐."

허영심 많은 사람이 어린 왕자에게 일러주었다. 어린 왕자는 두 손을 마주 두드렸다. 그랬더니 허영심 많은

사람은 모자를 들어 올리며 점잖게 인사를 했다.

'왕을 방문할 때보다 더 재미있군.'

어린 왕자는 속으로 생각했다. 그래서 다시 두 손을 마주 두드렸다. 허영심 많은 사람은 또 모자를 들어 올리며 답례를 했다.

오 분쯤 되풀이하고 나니 어린 왕자는 그 단조로운 장난이 재미없어졌다. 그래서 그가 물었다.

"모자가 떨어지게 하려면 어떻게 해야 하나요?"

그러나 허영심 많은 사람은 그의 말을 듣지 못했다. 허영심 많은 사람에게는 오로지 찬양의 말만 들릴 뿐이었다.

"너는 정말로 나를 찬양하지?"

그가 어린 왕자에게 물었다.

"찬양한다는 게 뭐죠?"

"찬양한다는 건 내가 이 별에서 가장 잘생겼고 가장 옷을 잘 입고 가장 부자이며 가장 똑똑하다고 인정해 주는 거지."

"하지만 이 별엔 아저씨 혼자밖에 없잖아요!"

"나를 기쁘게 해줘. 그래도 나를 찬양해 줘."

"그래요, 아저씨를 찬양해요."

어린 왕자는 어깨를 약간 으쓱하며 말했다.

"그런데 그게 아저씨에게 무슨 상관이 있나요?"

그리고 어린 왕자는 그 별을 떠났다.

'어른들이란 정말 이상하군.'

어린 왕자는 여행하면서 속으로 중얼거렸다.

12

그 다음 별에는 술꾼이 살고 있었다. 이번 방문은 매우 짧았지만 어린 왕자를 몹시 우울하게 만들었다.

"뭘 하고 있어요?"

빈 병 한 무더기와 술이 가득 찬 병 한 무더기를 앞에 놓고 말없이 앉아 있는 술꾼을 보고 어린 왕자가 말했다.

"술을 마시지."

침울한 표정으로 술꾼이 대꾸했다.

"왜 술을 마셔요?"

어린 왕자가 그에게 물었다.

"잊기 위해서지."

술꾼이 대답했다.

"무엇을 잊기 위해서예요?"

측은한 생각이 든 어린 왕자가 물었다.

"부끄럽다는 걸 잊기 위해서지."

머리를 숙이며 술꾼이 대답했다.

"뭐가 부끄럽다는 거예요?"

그를 위로해 주고 싶어서 어린 왕자가 자세하게 물었다.

"술을 마시고 있다는 게 부끄러워!"

이렇게 말하고 술꾼은 침묵을 지켰다.

그리하여 난처해진 어린 왕자는 그곳을 떠나 버렸다.

'어른들이란 정말이지 이상하단 말이야.'

어린 왕자는 여행을 하면서 속으로 중얼거렸다.

13

네 번째 별은 사업가의 별이었다. 그 사람은 어찌나 바쁜지 어린 왕자가 도착했을 때도 고개조차 들지 않았다.

"안녕하세요. 담뱃불이 꺼졌군요."

어린 왕자가 말했다.

"셋에다 둘을 더하면 다섯, 다섯에 일곱을 더하면 열둘, 열둘에 셋을 더하면 열다섯. 안녕! 열다섯에 일곱을 더하면 스물둘, 스물둘에 여섯을 더하면 스물여덟. 다시 담뱃불 붙일 시간이 없구나. 스물여섯에 다섯을 더하면 서른하나라. 휴우! 그러니까 오억 일백육십이 만 이천칠백삼십일이 되는구나."

"오억 얼마라구요?"

"응? 너 아직도 거기 있었니? 오억 일백 만…… . 아, 뭐가 뭔지 모르겠다…… . 너무 바빠서. 나는 중요한 일을 하는 사람이야. 허튼소리 할 시간이 없어! 둘에다 다섯을 더하면 일곱…… ."

"무엇이 오억 일백 만이라는 거예요?"

한 번 질문을 하면 절대로 포기하는 일이 없는 어린 왕자가 다시 물었다.

사업가가 고개를 들었다.

"이 별에서 오십사 년 동안 살고 있는데 내가 방해를 받은 적은 딱 세 번뿐이야. 첫 번째는 이십사 년 전이었는데, 어디서 날아왔는지 풍뎅이 한 마리가 어찌나 요란하게 붕붕거리는지 내 계산이 네 군데나 틀렸어. 두 번째는 십일 년 전이었는데 신경통 때문이었어. 난 운동 부족이거든. 산책할 시간이 없으니까. 난 중요한 일을 하는 사람이라서 그래. 세 번째는…… 바로 지금이야. 가만 있자, 오억 일백 만이라고 했었지……."

"무엇이 오억 일백 만이라는 거지요?"

사업가는 조용히 일하기는 틀렸다는 걸 깨달았다.

"때때로 하늘에 보이는 저 작은 것들 말이다."

"파리?"

"천만에. 반짝거리는 작은 것들 말이다."

"그럼 꿀벌?"

"아니. 게으름뱅이들을 부질없이 공상에 잠기게 만드는 저 작은 것들 말야. 그렇지만 난 중요한 일을 하는 사람이거든! 공상에 잠길 시간이 없어."

"아! 별들?"

"맞았어, 별이야."

"오억이나 되는 별들을 가지고 뭘 하는 거지요?"

"오억 일백육십이 만 이천칠백삼십일 개야. 나는 중요한 일을 하고 있는 사람이고 또 정확한 사람이지."

"그 별들을 가지고 뭘 하는 거냐구요?"

"뭘 하느냐고?"

"그래요."

"아무것도 하는 것 없어. 그것들을 소유하고 있지."

"별들을 소유하고 있다고요?"

"그래."

"하지만 내가 전에 본 어떤 왕은……"

"왕은 소유하지 않아. 그들은 '다스리지.' 그건 아주 다른 얘기야."

"그럼 그 별들을 소유하는 게 아저씨에게 무슨 소용이 있어요?"

"부자가 되는 거지."

"부자가 되는 게 무슨 소용이 있어요?"

"다른 별들이 발견되면 그걸 또 살 수 있거든."

'이 사람도 그 술꾼처럼 말하고 있군.' 하고 어린 왕자는 생각했다.

그래도 그는 질문을 계속했다.

"별들을 어떻게 소유하죠?"

"별들이 누구 거지?" 사업가가 투덜대며 되물었다.

"몰라요. 그 누구의 것도 아니겠지요."

"그래, 그러니까 내 것이지. 내가 제일 먼저 그 생각을 했으니까."

"그러면 아저씨 것이 되는 거예요?"

"물론이지. 임자 없는 다이아몬드는 그걸 발견한 사

람의 소유가 되는 거지. 임자가 없는 섬을 네가 발견하면 그건 네 소유가 되는 거고. 네가 어떤 좋은 생각을 제일 먼저 해냈으면 특허를 받아야 해. 그럼 *그것이* 네 소유가 되는 거야. 그래서 나는 별들을 소유하고 있는 거야. 나보다 먼저 그것들을 소유할 생각을 한 사람은 아무도 없었거든."

"하긴 그렇군요. 그렇지만 아저씨는 그 별들을 가지고 뭘 하죠?"

어린 왕자가 말했다.

"그것들을 관리하지. 별을 세어보고 또 계산하고. 그건 힘든 일이야. 하지만 나는 진지한 사람이거든!"

어린 왕자는 그래도 잘 이해가 되지 않았다.

"나는 머플러를 가지고 있을 때는 그것을 목에 두르고 다닐 수가 있어요. 또 꽃을 가지고 있을 때는 그 꽃을 꺾어 가지고 다닐 수가 있고요. 하지만 아저씨는 별들을 꺾을 수가 없잖아요!"

"그럴 수는 없지. 하지만 그것들을 은행에 맡길 수는 있어."

"그게 무슨 말이에요?"

"조그만 종잇조각에다 내 별들의 숫자를 적어서 그것

을 서랍 속에 넣고 자물쇠로 잠근단 말이야."

"그뿐이에요?"

"그뿐이지."

'그것 참 재미있는데. 아주 시적詩的이야. 하지만 그리 중요한 일은 아니군.' 하고 어린 왕자는 생각했다.

어린 왕자는 무엇이 중요한 일이냐에 대해서 어른들과 매우 다른 생각을 가지고 있었다.

"나는 말이에요, 꽃을 한 송이 소유하고 있는데 매일 물을 줘요. 화산도 세 개나 가지고 있어서 일주일에 한 번씩 그을음을 청소해 준다고요. 불이 꺼진 휴화산도 청소해 주니까 모두 세 개예요. 언제 불을 뿜을지 알 수 없는 노릇이거든요. 내가 그들을 소유하는 것이 내 화산이나 꽃에게 유익한 일이에요. 하지만 아저씨는 별들에게 하나도 유익하지 않아요……."

사업가는 입을 열어 무슨 말을 하려 했으나 할 말을 찾지 못했다. 그래서 어린 왕자는 떠나버렸다.

'어른들은 정말 이상야릇하군.'

어린 왕자는 여행하면서 또다시 속으로 중얼거릴 뿐이었다.

14

다섯 번째 별은 무척 흥미로운 별이었다. 그것은 지금까지 본 모든 별들 중에서 제일 작은 별이었다. 가로등 하나와 가로등을 켜는 사람이 한 명 있을 자리밖에 없었다. 하늘 한가운데, 집도 없고 사람들도 살지 않는 별에서 가로등 켜는 사람이 무슨 소용이 있는지 어린 왕자는 도무지 이해할 수가 없었다. 그렇지만 그는 속으로 중얼거렸다.

'이 사람도 어리석은 사람인지 몰라. 그래도 왕이나 허영심 많은 사람이나 사업가, 혹은 술꾼보다는 덜 어리석은 사람이지. 왜냐하면 적어도 그가 하는 일은 하나의 의미가 있거든. 그가 가로등을 켤 때는 별 한 개를, 혹은 꽃 한 송이를 더 태어나게 하는 거나 마찬가지니까. 또 가로등을 끌 때면 그 꽃이나 그 별을 잠들게 하는 거고. 그거 아주 아름다운 직업이군. 아름다우니까 진실로 유익하기도 하고.'

어린 왕자는 그 별에 발을 들여 놓자 가로등 켜는 사

람에게 공손히 인사했다.

"안녕, 아저씨. 왜 방금 가로등을 껐어요?"

"안녕, 그건 명령이야."

가로등 켜는 사람이 대답했다.

"명령이 뭐예요?"

"가로등을 끄는 거지. 잘 자."

그리고 그는 다시 불을 켰다.

"왜 지금 막 가로등을 다시 켰어요?"

"명령이야."

가로등 켜는 사람이 대답했다.

"무슨 말인지 모르겠어요."

어린 왕자가 말했다.

"알고 말고가 없어. 명령은 명령이니까. 잘 잤니?"

가로등 켜는 사람이 말하면서 다시 가로등을 껐다. 그러고 나서는 붉은 체크무늬의 손수건으로 이마의 땀을 닦았다.

"난 정말 고된 직업을 가졌어. 전에는 무리가 없었는데. 그땐 아침에 불을 끄고 저녁이면 다시 켰었지. 그래서 나머지 낮 시간에는 쉬고 나머지 밤 시간에는 잠을 잘 수 있었거든……."

난 정말 고된 직업을 가졌어.

"그럼, 그 후 명령이 바뀌었어요?"

"명령은 바뀌지 않았으니까 그게 문제지! 이 별은 해가 갈수록 점점 빨리 돌고 있는데 명령은 바뀌지 않았단 말이야!"

가로등 켜는 사람이 말했다.

"그래서?"

어린 왕자가 말했다.

"그래서 이제는 이 별이 일 분에 한 번씩 회전하니까 잠시도 쉴 틈이 없는 거야. 일 분마다 한 번씩 껐다가 켰다가 해야 하는 거지."

"그거 참 이상하네요! 아저씨네 별에선 하루가 일 분이라니!"

"조금도 이상할 것 없어. 우리가 이야기를 나누고 있는 사이에 벌써 한 달이 되었어."

가로등 켜는 사람이 말했다.

"한 달?"

"그래. 삼십 분이니까 삼십 일이지! 잘 자."

그러고는 그는 다시 가로등을 켰다.

어린 왕자는 그를 물끄러미 바라보았다. 명령에 그토록 충실한 그 가로등 켜는 사람이 그는 좋아졌다. 의자를 뒤로 옮기면서 해지는 걸 보고 싶어 하던 지난 일이 생각났다. 어린 왕자는 그 친구를 도와주고 싶었다.

"저어…… 쉬고 싶을 때 쉴 수 있는 방법이 있어요……."

"난 언제나 쉬고 싶지."

가로등 켜는 사람이 말했다.

사람이란 누구나 성실하면서도 또 한편으로는 게으름을 피우고 싶을 수도 있는 법이다.

어린 왕자는 말을 계속했다.

"아저씨 별은 아주 작으니까 세 발짝만 옮겨 놓으면 한 바퀴 돌 수 있잖아요. 그러니까 언제나 낮이고 싶으면 아저씨는 천천히 걸어가기만 하면 되는 거예요. 쉬고 싶을 때면 걸으면 돼요……. 그럼 하루해가 아저씨가 원하는 만큼 길어질 수 있어요."

"그건 별로 도움이 되지 못하겠는걸. 내가 정말 좋아하는 건 잠을 자는 거니까."

가로등 켜는 사람이 말했다.

"그렇다면 아저씨는 참 불행하군요."

어린 왕자가 말했다.

"할 수 없지. 안녕. 잘 잤니?"

가로등 켜는 사람이 말했다. 그러고는 가로등을 껐다.

그 별을 떠나 여행을 계속하면서 어린 왕자는 생각했다.

'저 사람은 다른 모든 사람들, 왕이나 허영심 많은 사람이나 술꾼, 혹은 사업가 같은 사람들에게 멸시를 받을 테지. 하지만 우스꽝스럽게 보이지 않는 사람은 저 사람뿐이야. 그건 저 사람이 자기 자신이 아닌 다른 일에 전념하기 때문이야.'

그는 섭섭해서 한숨을 내쉬며 이런 생각도 했다.

'내가 친구로 삼을 수 있었던 사람은 저 사람뿐이었는데, 그렇지만 그의 별은 너무 작아. 두 사람이 있을 자리가 없거든…….'

그가 그 축복받은 별을 잊지 못하는 것은, 하루 스물네 시간 동안에 무려 일천사백사십 번이나 해가 지는 것을 볼 수 있기 때문이었다. 그것은 어린 왕자가 차마 스스로에게도 고백하지 못하는 사실이었다.

15

여섯 번째 별은 열 배나 더 큰 별이었다. 그 별에는 굉장히 커다란 책을 쓰고 있는 늙은 선생 한 분이 살고 있었다.

"야! 탐험가 한 사람이 오는군!"

어린 왕자를 보며 그가 큰 소리로 외쳤다.

어린 왕자는 테이블 위에 걸터앉아 조금 가쁜 숨을 몰아쉬었다. 벌써 몹시도 긴 여행을 했던 것이다.

"너는 어디서 오는 거냐?"

늙은 선생이 물었다.

"이 커다란 책은 뭐예요? 여기서 뭘 하시는 거지요?"

어린 왕자가 물었다.

"난 지리학자란다."

노인이 말했다.

"지리학자가 뭐예요?"

"바다와 강과 도시와 산, 그리고 사막이 어디에 있는 지를 아는 학자지."

"그거 정말 재미있네요. 그것이야말로 훌륭한 직업이
군요!"

그러더니 어린 왕자는 지리학자의 별을 한 번 둘러보
았다. 그처럼 멋진 별을 그는 아직 본 적이 없었다.

"할아버지의 별은 참 아름답군요. 이 별에 넓은 바다
도 있나요?"

"난 몰라."

지리학자가 대답했다.

"네에?"

어린 왕자는 실망해서 또 물었다.

"그럼 산은요?"

"난 몰라."

지리학자가 대답했다.

"그럼 도시와 강과 사막은요?"

"그것도 알 수 없다."

"할아버진 지리학자라면서요!"

"그야 그렇지. 하지만 난 탐험가는 아니거든. 내겐 탐험가가 절대적으로 부족하단다. 도시와 강과 산, 바다와 태양과 사막을 세러 다니는 건 지리학자가 하는 일이 아냐. 지리학자는 아주 중요한 사람이니까 한가히 돌아다닐 수가 없단다. 서재를 떠날 수가 없어. 대신 서재에서 탐험가들을 만나는 거지. 그들에게 여러 가지 질문을 하여 그들의 기억을 기록하는 거야. 탐험가의 기억 중에 흥미로운 게 있으면 지리학자는 그 사람의 정신 상태를 조사하지."

"그건 왜요?"

"탐험가가 거짓말을 하면 지리책에 커다란 이변이 일어나게 될 테니까. 또 탐험가가 술을 너무 마셔도 마찬가지지."

"어째서요?"

"왜냐하면 술에 잔뜩 취한 사람의 눈에는 모든 게 둘로 보이거든. 그렇게 되면 지리학자는 하나밖에 없는 산을 두 개가 있다고 기록하게 될지도 모르잖아."

"그럼 내가 아는 어떤 사람도 나쁜 탐험가가 될 수 있겠군요."

어린 왕자가 말했다.

"그럴 수도 있겠지. 그래서 탐험가의 정신 상태가 훌륭하다고 판단되면 그가 발견한 곳을 조사하지."

"그럼 직접 가 보시나요?"

"아니지. 그건 너무 번잡스러운 일이야. 그 대신 탐험가에게 증거를 제시하라고 요구하는 거야. 예컨대 커다란 산을 발견했을 때는 커다란 돌멩이를 가져오라고 하는 거지."

지리학자는 갑자기 흥분했다.

"그런데 너는 멀리서 왔지! 너는 탐험가야! 너의 별이 어떤 별인지 이야기해 줘!"

그러더니 지리학자는 노트를 펴고 연필을 깎았다. 탐험가의 이야기를 처음에는 연필로 적었다가 그가 증거를 가져오면 그제야 잉크로 적는 것이었다.

"자, 시작해 볼까?"

지리학자는 기대한 찬 얼굴로 말했다.

"아, 내 별은 별로 흥미로울 게 없어요. 아주 작거든요. 화산이 셋 있어요. 둘은 불이 있는 화산이고 하나는 불이 꺼진 화산이지요. 하지만 언제 어떻게 될지 모르지요."

"암, 그야 알 수 없는 노릇이지."

지리학자가 말했다.

"제겐 꽃도 한 송이 있어요."

"우린 꽃은 기록하지 않아."

지리학자가 잘라 말했다.

"왜요? 아주 예쁜 꽃인데요!"

"꽃은 일시적인 존재이기 때문이지."

"'일시적'이 뭐예요?"

"지리책은 모든 책들 중에 가장 귀중한 책이야. 지리책은 유행에 뒤지는 법이 없지. 산이 위치를 바꾸는 일은 매우 드물거든. 또한 큰 바다의 물이 말라버리는 일도 매우 드물고. 우리는 영원한 것들만 기록하는 거야."

"하지만 불 꺼진 화산이 다시 깨어날 수도 있어요."

어린 왕자가 말을 가로막았다.

"화산이 꺼져 있든 깨어 있든 우리에게는 마찬가지야. 우리에게 중요한 건 산이지. 산은 변하지 않거든."

"그런데 '일시적'이 무슨 뜻이에요?"

한 번 한 질문은 평생 포기해 본 적이 없는 어린 왕자가 다시 물었다.

"그건 '머지않은 장래에 사라져버릴지도 모른다.' 는 뜻이지."

"내 꽃이 머지않은 장래에 사라져버릴지도 모른다는 말이에요?"

"물론이지."

그 말에 어린 왕자는 생각에 잠겼다.

'내 꽃은 일시적인 존재야. 세상에 대항할 무기라곤 네 개의 가시밖에 없고! 그런데 나는 그 꽃을 내 별에 혼자 내버려두고 왔어!'

그것은 어린 왕자가 처음으로 느낀 후회의 감정이었다. 그러나 그는 다시 용기를 냈다.

"어디를 가 보는 게 좋을까요?"

어린 왕자가 지리학자에게 물었다.

"지구라는 별로 가 봐. 그 별은 대단히 평판이 좋은 별이거든……."

그리하여 어린 왕자는 그의 꽃을 생각하며 다시 여행을 떠났다.

16

그리하여 일곱 번째 별은 지구였다.

그런데 지구는 지금껏 보아 온 평범한 별이 아니었다! 그곳에는 백십일 명의 왕(물론 흑인나라의 왕을 포함해서)과 칠천 명의 지리학자와 구십 만 명의 사업가, 그리고 칠백오십 만 명의 술주정뱅이, 삼억 천백 만 명의 허영심 많은 사람들 등 약 이십억 명쯤 되는 어른들이 살고 있었다.

전기가 발명되기 전까지는 여섯 대륙을 통틀어 사십육 만 이천오백일 명이나 되는 가로등 켜는 사람이 있었다는 사실만으로도 여러분은 지구가 얼마나 큰 별인지 짐작이 갈 것이다.

그래서 좀 멀리 떨어진 곳에서 보면 눈부시게 멋진 광경이 펼쳐지는 것이었다. 가로등 켜는 사람들이 무리지어 움직이는 모습은 오페라의 발레단처럼 질서정연했다. 맨 처음은 뉴질랜드와 오스트레일리아의 가로등 켜는 사람들의 차례였다. 그들은 가로등을 켜고 나면 잠을 자러 갔다. 그러고 나면 중국과 시베리아의 가로등 켜는 사람들이 무대에 나타나 춤추는 것처럼 보인다. 그들 역시 무대 뒤로 살짝 몸을 감추고 나면 러시아와 인도의 가로등 켜는 사람들이 나타나는 것이다. 그 다음에는 아프리카와 유럽의 가로등 켜는 사람들, 또 그 다음에는 남아메리카의 가로등 켜는 사람들, 또 그 다음에는 북아메리카의 가로등 켜는 사람들이 차례로 나타났다. 그런데 그들은 무대에 나타나는 순서를 단 한 번도 틀리거나 바꾸는 적이 없었다. 그것은 무척 장엄한 광경이었다.

　　오직 북극의 단 하나밖에 없는 가로등 켜는 사람과 그와 함께 선택된 남극의 동료만이 한가롭고 태평스러운 생활을 하고 있었다. 그들은 일 년에 두 번 일을 했다.

17

재미있게 이야기를 하려다 보면 조금 거짓말을 하는 수가 있다. 가로등 켜는 사람들에 대해 내가 한 이야기는 아주 정직한 것은 아니었다. 따라서 만약에 지구를 잘 알지 못하는 사람이 내 이야기를 듣는다면 그 사람은 지구에 대해 잘못된 생각을 갖게 될 수도 있을 것이다.

사람들이 지구 위에서 차지하는 자리란 실은 아주 작은 것이다. 지구에서 사는 이십억 명의 어른들이 어떤 모임에서처럼 서로 바짝바짝 붙어서 있는다면 세로 이십 마일 가로 이십 마일의 광장으로도 충분할 것이다. 또 그들을 태평양의 아주 작은 섬 위에 차곡차곡 쌓아놓을 수도 있을 것이다.

물론 어른들은 이런 말을 믿지 않을 것이다. 그들은 자신들이 굉장히 많은 자리를 차지하고 있다고 생각하고 있기 때문이다. 그들은 자신들이 바오밥나무만큼 커다란 존재라고 생각하고 있다. 내 말이 정말인지 아닌지 여러분은 그들에게 계산을 해보라고 일러주면 된다.

그들은 숫자를 좋아하니까. 그러면 그들은 기분 좋아할 것이다. 하지만 여러분은 그 문제를 푸느라 괜히 시간을 낭비할 필요는 없다. 그것은 쓸데없는 짓이니까. 여러분은 내 말을 믿지 않는가.

어린 왕자가 지구에 도착했을 때 아무리 둘러봐도 사람이 보이지 않아 놀랐다. 혹시 그가 다른 별로 잘못 찾아온 게 아닌가 싶어 겁이 나 있을 때, 동그란 달빛 고리가 모래 속에서 움직이는 것을 보았다.

"안녕."

어린 왕자가 무턱대고 인사부터 했다.

"안녕."

뱀이 대답했다.

"지금 내가 도착한 별이 무슨 별이지?"

어린 왕자가 물었다.

"지구야. 아프리카지."

뱀이 대답했다.

"그래? 그럼 지구에는 사람이 아무도 살지 않니?"

"여긴 사막이야. 사막에는 아무도 없어. 지구는 매우 커다랗거든."

뱀이 대답했다.

어린 왕자가 지구에 도착했을 때 아무리 둘러봐도 사람이 보이지 않아 놀랐다.

어린 왕자는 돌 위에 앉아 하늘을 올려다보며 말했다.

"별들이 저렇게 빛나고 있는 것은 아마 누구든 언제고 자기 별을 다시 찾을 수 있게 해주기 위해선가 봐. 내 별을 바라봐. 바로 우리 위에 있어…… 하지만…… 너무 멀리 있어!"

"네 별은 아름답구나. 여긴 무엇 하러 왔니?"

뱀이 물었다.

"난 어떤 꽃과 좀 말썽이 있었단다."

어린 왕자가 말했다.

"아! 그래?"

뱀이 대답했다. 그리고 그들은 잠시 서로 잠자코 있었다.

이윽고 어린 왕자가 다시 말했다.

"사람들은 어디에 있니? 사막은 좀 쓸쓸하구나……."

"사람들 틈에 섞여 있어도 외롭기는 마찬가지야."

뱀이 말했다.

어린 왕자는 뱀을 한참 바라보더니 말했다.

"넌 아주 이상하게 생겼구나. 손가락처럼 가느다랗고……."

"그래도 난 왕의 손가락보다 더 힘이 세단다."

뱀이 말했다. 어린 왕자는 미소를 지었다.

넌 아주 이상하게 생겼구나. 손가락처럼 가느다랗고…….

"넌 별로 힘이 세지 않아…… 발이 없으니…… 여행도 할 수 없잖아……."

"하지만 난 그 어떤 배보다 더 먼 곳으로 너를 데려다 줄 수 있어."

뱀은 어린 왕자의 발목을 팔찌처럼 칭칭 휘감더니 말했다.

"나를 건드리는 사람마다 그가 왔던 곳으로 되돌려보내버리지. 하지만 너는 순진하고 또 다른 별에서 왔으니까……."

어린 왕자는 아무 대꾸도 하지 않았다.

"네가 어쩐지 측은해 보이는구나. 무척이나 연약한 몸으로 이 바위투성이 지구에 왔으니. 네 별이 몹시 그리울 때면 언제고 내가 너를 도와줄 수 있을 거야. 나는……."

"응! 아주 잘 알았어. 그런데 왜 그렇게 언제나 수수께끼 같은 말만 하니?"

"나는 그 모든 걸 해결할 수 있어."

뱀이 말했다.

그리고 그들은 침묵했다.

18

어린 왕자는 사막을 횡단했는데 오직 꽃 한 송이를
만났을 뿐이었다. 꽃잎이 세 장인 보잘것없는 꽃이었다.

"안녕."

어린 왕자가 인사했다.

"안녕."

꽃이 말했다.

"사람들은 어디에 있니?"

어린 왕자가 정중하게 물
었다.

그 꽃은 언젠가 상인
몇 명이 지나가는 것

을 본 적이 있었다.

"사람들이라고? 한 예닐곱 명쯤 있는 것 같아. 몇 해 전에 그들을 본 적이 있어. 하지만 그들이 지금 어디 있는지는 전혀 알 수가 없어. 그들은 바람에 불려 다니거든. 뿌리가 없기 때문에 몹시 곤란을 겪을 거야."

"안녕, 잘 있어."

어린 왕자가 말했다.

"안녕, 잘 가."

꽃이 말했다.

19

　어린 왕자는 높은 산 위로 올라갔다. 그가 지금까지 알고 있는 산이라고는 그의 무릎 높이 정도밖에 안 되는 세 개의 화산뿐이었다. 불 꺼진 화산은 의자로 사용하기도 했었다. 그래서 그는 생각했다.

　'이 산처럼 높은 산에서는 이 별 전체와 이 별에 사는 사람들 모두를 볼 수 있을 거야……'

　그러나 바늘 끝처럼 뾰족한 산봉우리만 보일 뿐이었다.

　"안녕."

　그가 혹시나 하고 말해 보았다.

　"안녕…… 안녕…… 안녕……."

　메아리가 대답했다.

　"너는 누구니?"

　어린 왕자가 물었다.

　"너는 누구니…… 너는 누구니…… 너는 누구니……."

　메아리가 똑같이 대답했다.

"내 친구가 되어줘. 나는 외로워."

어린 왕자가 말했다.

"나는 외로워…… 나는 외로워…… 나는 외로워……."

메아리가 대답했다.

'참 이상한 별도 다 보겠네!'

어린 왕자가 생각했다.

'이 별은 온통 메마르고 날카롭고 험하군. 게다가 사람들은 상상력이라곤 없어. 다른 사람이 한 말만 되풀이하고……. 내 별에는 꽃 한 송이가 있었지. 그 꽃은 언제나 먼저 말을 걸어왔는데…….'

이 별은 온통 메마르고 날카롭고 험하군.

20

어린 왕자는 모래벌판을 지나 바위와 눈 사이를 오랫동안 걷다가 마침내 길을 하나 발견했다. 그리고 모든 길은 사람들이 사는 곳으로 통하게 마련이다.

"안녕."

그가 말했다.

그곳은 장미꽃이 만발한 정원이었다.

"안녕."

장미꽃들이 말했다.

어린 왕자는 그들을 바라보았다. 그들은 모두 그의 꽃과 아주 비슷했다.

"너희들은 누구니?"

깜짝 놀란 어린 왕자가 그들에게 물었다.

"우리는 장미꽃들이야."

장미꽃들이 대답했다.

"아! 그래?"

어린 왕자는 자신이 아주 불행하게 느껴졌다. 그의 꽃

은 그에게 이 세상에 자기와 같은 꽃은 오직 자기 하나
뿐이라고 말했던 것이다. 그런데 여기 정원 가득히 그와
똑같은 꽃들이 오천 송이나 피어 있는 것이 아닌가!

어린 왕자는 생각했다.

'내 꽃이 이걸 보면 몹시 상심할 거야. 기침을 지독히
해대면서 창피스러운 모습을 보이지 않으려고 죽는 시
늉을 할 테지. 그러면 나는 그 꽃을 간호해 주는 척하지
않을 수 없을 거야. 만약 그렇게 해주지 않으면 내게 죄
책감이 들게 하기 위해서 정말로 죽어버릴지도 몰
라……'

그리고 그는 또 이렇게도 생각했다.

'이 세상에 오직 하나뿐인 꽃을 가졌으니 부자인 줄 알았는데 내 꽃은 그저 평범한 한 송이 장미꽃일 뿐이야. 내가 가진 거라고는 흔한 장미꽃 한 송이와 무릎 높이밖에 안 되는 화산 세 개…… 그것도 그중 하나는 영영 불이 꺼져버린 것일지도 모르고. 이런 것으로는 결코 훌륭한 왕자가 될 수는 없어……'

그리고 어린 왕자는 풀밭에 엎드려 울었다.

그리고 어린 왕자는 풀밭에 엎드려 울었다.

21

여우가 나타난 것은 바로 그때였다.

"안녕."

여우가 인사했다.

"안녕."

어린 왕자가 공손히 인사하고 몸을 돌렸으나 아무것도 보이지 않았다.

"난 여기 사과나무 밑에 있어."

좀 전의 그 목소리가 말했다.

"너는 누구니? 참 예쁘구나……."

어린 왕자가 말했다.

"난 여우야."

여우가 말했다.

"이리 와서 나와 함께 놀아. 난 정말로 슬프단다……."

어린 왕자가 말했다.

"난 너와 함께 놀 수 없어."

여우가 말했다.

"나는 길들여지지 않았으니까."

"아, 미안해."

어린 왕자가 말했다. 그러나 잠시 생각해 본 후에 그는 다시 말했다.

"그런데 '길들인다.' 는 게 뭐지?"

"넌 여기 사는 애가 아니구나. 넌 무얼 찾고 있니?"

여우가 물었다.

"난 사람들을 찾고 있어."

어린 왕자가 말했다.

"그런데 '길들인다.' 는 게 뭐지?"

"사람들은 소총을 가지고 사냥을 하지. 그게 참 골치 아픈 일이야. 그들은 닭도 키우지. 그것이 그들의 유일한 관심사야. 너도 닭을 찾고 있니?"

여우가 물었다.

"아냐. 난 친구를 찾고 있어. '길들인다.'는 게 뭐야?"

"사람들은 그걸 너무 무시하고 있는데, 그건 '관계를 만든다.'는 뜻이야."

"관계를 만든다고?"

"그래."

여우가 끄덕이며 말했다.

"넌 아직 내게 수많은 다른 소년들과 다를 바 없는 한 소년에 지나지 않아. 그래서 난 너를 필요로 하지는 않지. 또 너도 나를 필요로 하지 않고. 너에게 나는 수많은 다른 여우와 다를 바 없는 한 마리 여우에 지나지 않아. 하지만 네가 나를 길들인다면 우리는 서로를 필요로 하게 되는 거야. 너는 나에게 이 세상에 오직 하나뿐인 존재가 되는 거고, 나도 너에게 세상에서 유일한 존재가 되는 거야······."

"아, 이제 알 수 있을 것 같아."

어린 왕자가 말했다.

"나에게 꽃 한 송이가 있는데…… 그 꽃이 나를 길들였나 봐……."

"그럴지도 모르지. 지구에는 온갖 일들이 다 있으니까……."

여우가 말했다.

"아, 아니야! 그건 지구에서가 아니야."

어린 왕자가 말했다.

그러자 여우는 몹시 궁금한 눈치였다.

"그럼 다른 별에서?"

"그래."

"그 별에도 사냥꾼이 있니?"

"아니, 없어."

"그거 참 신기하군! 그럼 닭은?"

"없어."

"이 세상에 완전한 데라고는 없군."

여우가 한숨을 내쉬었다. 그리고 그는 재빨리 말머리를 돌렸다.

"내 생활은 단조롭단다. 나는 닭을 쫓고 사람들은 나를 쫓지. 닭들은 모두 똑같고 사람들도 모두 똑같아. 그래서 난 좀 심심해. 하지만 만약 네가 나를 길들인다면 내 생활은 환히 밝아질 거야. 그렇게 되면 다른 모든 발자국 소리와 구별되는 발자국 소리를 나는 알게 되겠지. 다른 발자국 소리들은 나를 땅 밑으로 기어들어가게 만들 테지만 네 발자국 소리는 마치 음악처럼 나를 땅 밑 굴에서 밖으로 불러낼 거야! 그리고 저길 봐! 저기 밀밭이 보이지? 난 빵은 먹지 않으니까 밀은 내겐 아무 소용도 없는 거야. 밀밭은 내게 아무것도 생각나게 하지 않아. 그건 정말 서글픈 일이지! 그런데 너는 황금빛 머리카락을 가졌어. 그러니 네가 나를 길들인다면 정말 근사할 거야! 왜냐하면 밀은 황금빛이니까 너를 생각나게 해줄 거야. 그러면 나는 밀밭 사이를 지나가는 바람 소리까지도 사랑하게 될 거야……"

여우는 입을 다물고 어린 왕자를 오래오래 쳐다보더니 말했다.

"부탁이야…… 나를 길들여줘!"

"그래, 나도 그러고 싶어."

어린 왕자는 대답했다.

"하지만 내겐 시간이 많지 않아. 친구를 많이 사귀고 싶고 또 많은 것들을 알고 싶어."

"누구나 자기가 길들인 것밖에는 알 수 없어. 사람들은 이제 뭔가를 진정으로 알게 될 시간조차 없다고. 그들은 이미 만들어져 있는 물건을 가게에서 사거든. 그런데 친구를 파는 가게는 아무 데도 없어. 그래서 그들은 친구가 없는 거야. 친구를 갖고 싶다면 나를 길들여줘."

"그럼 어떻게 해야 하는 거지?"

어린 왕자가 물었다.

"참을성이 있어야 해."

여우가 대답했다.

"우선 내게서 조금 떨어져서 이렇게 풀밭에 앉아 있어. 난 너를 곁눈질로 볼 거야. 넌 아무 말도 하지 마. 말은 오해의 근원이지. 날마다 넌 조금씩 더 가까이 다가앉을 수 있게 될 거야……."

다음 날 어린 왕자는 다시 여우에게 갔다.

"매일 같은 시간에 와주는 게 더 좋아."

여우가 말했다.

"이를테면 네가 오후 네 시에 온다면 난 세 시부터 행복해지기 시작할 거야. 네 시가 가까워질수록 난 점점

이를테면 네가 오후 네 시에 온다면 난 세 시부터 행복해지기 시작할 거야.

더 행복해지겠지. 그리고 네 시가 다 되었을 때 난 흥분해서 안절부절못할 거야. 아마 행복이 얼마나 값진 것인가 알게 되겠지! 그렇지만 네가 아무 때나 온다면 나는 몇 시에 마음을 곱게 단장해야 하는지 모르잖아……. 어떤 준비 의식 같은 것이 필요하거든."

"의식이 뭐야?"

어린 왕자가 물었다.

"그것도 너무 쉽게 잊히는 어떤 것이지."

여우가 말했다.

"의식이란 어느 하루를 여느 날들과는 다른 특별한 날로 만들고, 어떤 한 시간을 다른 시간들과는 다르게 만드는 거야. 이를테면 내가 아는 사냥꾼들도 의식을 치르지. 그들은 매주 목요일이 되면 마을의 처녀들과 춤을 춰. 그래서 목요일은 신나는 날이야! 난 포도밭까지 산책을 나갈 수 있어. 그런데 만약 사냥꾼들이 아무 때나 춤을 추면 하루하루가 모두 똑같이 되어버리잖아. 그렇게 되면 난 하루도 휴가가 없게 될 거고……."

그리하여 어린 왕자는 여우를 길들였다. 그리고 이별의 시간이 다가왔을 때 여우가 말했다.

"아아! 난 울음이 나올 것만 같아."

"그건 네 잘못이야. 나는 너의 마음을 아프게 하고 싶지 않았어. 하지만 내가 널 길들여주길 네가 원했잖아……."

어린 왕자가 말했다.

"그건 그래."

"그런데 넌 지금 울려고 그러잖아!"

어린 왕자가 말했다.

"그래, 네 말이 맞아."

여우가 대답했다.

"그것 봐, 길들인다는 게 뭐가 좋니!"

"좋은 게 있지. 저 밀밭의 색깔을 보면……."

여우가 말했다.

잠시 후 그가 다시 말을 덧붙였다.

"장미꽃들을 다시 가서 봐. 그러면 너는 네가 두고 온 꽃이 이 세상에서 오직 하나밖에 없는 장미라는 걸 깨닫게 될 거야. 그리고 내게 돌아와서 작별인사를 해줘. 그러면 내가 네게 한 가지 비밀을 선물할게."

어린 왕자는 장미꽃들을 다시 보러 갔다.

"너희들은 나의 장미와 조금도 닮지 않았어. 너희들은 아직은 아무것도 아니야. 아무도 너희들을 길들이지 않았고 너희들도 아무도 길들이지 않았어. 너희들은 예전의 내 여우와 같아. 그는 수많은 다른 여우들과 같은 여우일 뿐이었어. 하지만 내가 그를 길들여 친구로 만들었기 때문에 그는 이제 이 세상에서 오직 하나뿐인 여우가 된 거야."

그러자 장미꽃들은 어쩔 줄 몰라 했다. 어린 왕자가 다시 말했다.

"너희들은 아름답지만 텅 비어 있어. 그 누구도 너희들을 위해서 죽어주지는 않을 테니까. 물론 내 꽃도 지나가는 사람이 본다면 너희들과 비슷하다고 생각할 거야. 하지만 그 꽃 한 송이가 내게는 너희들 모두보다도 더 소중해. 내가 그 꽃에게 물을 주었기 때문이야. 또 내가 유리 덮개를 씌워주었기 때문이야. 나비를 위해 두세 마리 남기고 그 꽃의 벌레를 잡아준 것도 나야. 그 꽃이 불평을 하거나 자랑을 늘어놓는 것을, 또 때로는 말없이 침묵을 지키는 것을 내가 귀 기울여 들어주었기 때문이야. 그리고 그 꽃은 내 꽃이기 때문이야."

그리고 그는 여우에게로 돌아갔다.

"안녕, 잘 있어."

어린 왕자가 말했다.

"안녕, 잘 가."

여우가 말했다.

"참 내 비밀을 말해 줄게. 아주 간단한 건데…… 오로지 마음으로 보아야 잘 보인다는 거야. 가장 중요한 것은 눈에 보이지 않는 법이야."

어린 왕자는 잊지 않으려는 듯 되뇌었다.

"가장 중요한 것은 눈에 보이지 않는다……."

"너의 장미꽃을 그토록 소중하게 만든 건 그 꽃을 위해 네가 바친 그 시간들이야."

"내가 나의 장미꽃을 위해 바친 시간들이다……."

어린 왕자는 잊지 않으려는 듯 다시 중얼거렸다.

"사람들은 그 진리를 잊어버렸어."

여우가 다시 말했다.

"하지만 너는 그걸 잊으면 안 돼. 네가 길들인 것에 대해 넌 언제까지나 책임이 있는 거니까. 너는 네 장미에 대해 책임이 있어……."

"나는 내 장미에게 책임이 있다……."

결코 잊지 않으려는 듯 어린 왕자는 되풀이했다.

22

"안녕."

어린 왕자가 인사했다.

"안녕."

철도원이 말했다.

"여기서 뭘 하고 있어요?"

어린 왕자가 물었다.

"기차 손님들을 천 명씩 나눠서 기차에 태우고 있어. 그 손님들을 태운 열차를 오른쪽으로 보내기도 하고, 왼쪽으로 보내기도 한단다."

그때 불을 환히 밝힌 급행열차 한 대가 천둥 같은 소리를 내며 지나가는 바람에 철도원의 작은 사무실이 흔들렸다.

"저 사람들은 무척 바쁘군요. 그들은 뭘 찾고 있죠?"

어린 왕자가 물었다.

"그건 열차 기관사도 몰라."

철도원이 말했다. 그러자 이번에는 반대 방향에서 불

을 환하게 밝힌 두 번째 급행열차가 소리를 내며 지나
갔다.

"그들이 벌써 되돌아오는 거예요?"

어린 왕자가 물었다.

"아까 그 사람들이 아니란다. 서로 번갈아가며 오가
는 거지."

철도원이 말했다.

"저 사람들은 자기들이 원래 있던 곳에서 만족하지
못했어요?"

어린 왕자가 물었다.

"사람들은 자기들이 원래 있던 곳에서는 언제나 만족
하지 못한단다."

철도원이 말했다.

불을 환하게 밝힌 세 번째 급행열차가 또 천둥소리를
내며 지나갔다.

"저 사람들은 먼젓번 승객들을 쫓아가고 있는 거예요?"

어린 왕자가 물었다.

"그들은 아무것도 쫓아가지 않아. 저 안에서 잠을 자
거나 하품을 하고 있는 거야. 다만 아이들만이 유리창
에 코를 박고 밖을 내다볼 뿐이지."

철도원의 말을 듣고 어린 왕자가 말했다.

"아이들만이 자기가 무엇을 찾고 있는지를 알고 있어요. 아이들은 헝겊으로 만든 인형을 찾느라 많은 시간을 보내기도 해요. 그렇게 찾은 인형은 아주 소중한 것이 되지요. 그러니 누군가가 그걸 빼앗으려 한다면 결국 울음을 터뜨리게 되고……."

"아이들은 행복하군."

철도원이 말했다.

23

"안녕."

어린 왕자가 말했다.

"안녕."

장사꾼이 말했다.

그는 갈증을 없애주는 알약을 파는 사람이었다. 일주
일에 한 알씩만 먹으면 물을 마시고 싶지 않게 되는 약
이었다.

"왜 그 약을 팔아요?"

어린 왕자가 물었다.

"이걸 먹으면 시간을 굉장히 절약해 주거든. 전문가들이 계산을 해봤는데, 일주일에 무려 오십삼 분을 절약할 수 있대."

장사꾼이 대답했다.

"그럼 그 오십삼 분으로 뭘 하나요?"

"자기가 하고 싶은 걸 하겠지……."

어린 왕자는 생각했다.

'만일 내가 마음대로 할 수 있는 오십삼 분이 있다면 샘을 향해 천천히 걸어갈 텐데…….'

24

사막에서 비행기가 고장을 일으킨 지 팔 일째 되는 날이었다. 나는 아껴두었던 물의 마지막 한 방울을 마시며 장사꾼에 대한 이야기를 듣고 있었다. 그리고 어린 왕자에게 말했다.

"네 체험담은 참 아름답구나. 하지만 난 아직도 비행기를 고치지 못했어. 마실 물도 이제 다 떨어졌고. 나도 샘을 향해 천천히 걸어갈 수만 있다면 정말 행복하겠다!"

"내 친구 여우는……."

어린 왕자가 말했다.

"꼬마 친구야, 지금은 여우 이야기를 할 때가 아니야!"

"왜?"

"목이 말라 죽게 되었으니까 말이야……."

그는 내 말을 이해하지 못하고 이렇게 대답했다.

"죽어간다 할지라도 한 친구를 가졌다는 건 좋은 일이야. 난 여우를 친구로 사귀었다는 게 기뻐……."

나는 속으로 생각했다.

'위험이 어느 정도인지 짐작을 못 하는군. 배고픔도 갈증도 느끼지 않나 봐. 햇빛에 조금만 더 있어 보라지, 그러면……'

어린 왕자가 나를 바라보더니 내 마음을 안다는 듯 이렇게 대답했다.

"나도 목이 말라……. 우물을 찾으러 가……."

나는 소용없다는 몸짓을 했다. 광활한 사막 한가운데에서 무턱대고 우물을 찾아 나선다는 건 너무 무모한 것이었다. 그런데도 우리는 걷기 시작했다.

몇 시간 동안을 말없이 걷다 보니 밤이 내리고 별들이 불을 밝히기 시작했다. 갈증 때문에 나는 열이 조금 나고 있었으므로 그 별들이 마치 꿈속에서처럼 몽롱하게 보였다. 어린 왕자의 말들이 내 머릿속에서 춤을 추고 있었다.

"너도 목이 마르니?"

내가 물었다.

하지만 그는 내 질문에는 대답하지 않고 그저 이렇게 말했다.

"물은 마음에도 좋은 것일 거야……."

나는 그의 말을 이해하지 못했으나 잠자코 있었

다……. 그에게 질문하는 것이 소용없다는 것을 나는 잘 알고 있었다.

그는 지쳐 있었다. 그는 마침내 주저앉았다. 나도 그의 곁에 앉았다. 잠시 침묵을 지키던 어린 왕자가 다시 입을 열었다.

"별들은 아름다워. 보이지 않는 한 송이 꽃 때문에……."

"그렇지."

나는 이렇게 대답하고 달빛 아래서 주름처럼 펼쳐진 모래 언덕들을 말없이 바라보았다.

"사막은 아름다워."

그가 다시 말했다.

그것은 사실이었다. 나 또한 언제나 사막을 사랑해 왔다. 모래 언덕 위에 앉아 있노라면 아무것도 보이지 않고 아무 소리도 들리지 않지만, 그러나 무엇인가 침묵 속에 환하게 빛나는 것이 있다.

그때 어린 왕자가 말했다.

"사막이 아름다운 것은 그것이 어딘가에 우물을 감추고 있기 때문이야……."

나는 사막의 아름다움이 무엇인지 문득 깨닫고 흠칫

놀랐다. 어린 시절 나는 해묵은 낡은 집에서 살았다. 그런데 전해 오는 이야기에 의하면 그 집 어딘가에 보물이 감춰져 있다는 것이었다. 물론 그것을 발견한 사람은 아무도 없었고, 또 그것을 찾으려는 사람도 없었다. 그런데도 그 집은 그 보물로 인하여 마치 마법에 걸린 것처럼 환하게 빛나고 있었다. 우리 집은 마음속 가장 깊숙한 곳에 비밀을 간직하고 있었던 것이다……

"그래. 집이든 별이든 사막이든 그걸 아름답게 해주는 것은 눈에 보이지 않는 거야……"

내가 어린 왕자에게 말했다.

"아저씨가 내 여우와 같은 생각이어서 기뻐."

어린 왕자가 말했다.

어린 왕자가 잠이 들었으므로 나는 그를 안고 다시 걷기 시작했다. 나는 가슴이 벅차올랐다. 부서지기 쉬운 소중한 보물 하나를 안고 있는 느낌이었다. 마치 이 지구에 이보다 더 연약한 것은 없는 것 같은 느낌마저 들었다. 달빛 아래 비치는 어린 왕자의 창백한 이마, 감긴 두 눈, 바람결에 나부끼는 머리카락을 바라보며 나는 생각했다. '여기 보이는 건 껍데기에 지나지 않아. 가장 중요한 건 눈에 보이지 않으니까……'

살짝 열린 그의 입술이 보일 듯 말 듯한 미소를 띤 그 순간 나는 또 생각했다.

'이 잠든 어린 왕사가 나를 이도록 감동시키는 것은 꽃 한 송이를 향한 그의 성실함 때문이야. 그가 잠들어 있을 때에도 한 송이 장미꽃은 마치 등불처럼 그의 마음속에서 빛나고 있기 때문이야……'

그러자 어린 왕자가 더욱더 연약한 존재라는 생각이 들었다. 그의 마음속 등불을 잘 지켜주어야 한다. 한 줄기 바람에도 그것은 꺼질 수 있기 때문이다…….

나는 그렇게 밤새 걷고 또 걷다가 동틀 무렵에 우물을 발견했다.

25

어린 왕자가 말했다.

"사람들은 저마다 급행열차에 올라타지만 정작 자기들이 무얼 찾으러 가는지는 모르고 있어. 그래서 초조해하며 결국은 제자리에서 맴돌기만 해……."

잠시 후 그는 다시 말을 이었다.

"그럴 필요가 없는데……."

우리가 찾은 우물은 사하라 사막의 우물들과는 달랐다. 사하라의 우물들은 그저 모래밭에 구멍을 파 놓은 것들이다. 그런데 이 우물은 마을의 우물과 비슷했다. 그러나 그곳에 마을이라곤 없었다. 그리하여 나는 꿈을 꾸는 게 아닌가 싶었다.

"이상하군."

내가 어린 왕자에게 말했다.

"모든 게 갖추어져 있잖아. 도르래, 물통, 밧줄……."

그는 웃으면서 밧줄을 잡고 도르래를 잡아당겼다. 그러자 오랫동안 잠을 자고 있던 낡은 풍차가 바람에 흔

그는 웃으면서 밧줄을 잡고 도르래를 잡아당겼다.

들리듯 도르래가 삐걱댔다.

"들리지?"

어린 왕자가 말했다.

"우리가 이 우물을 잠에서 깨운 거야. 우물이 노래를 하잖아."

나는 그에게 힘든 일을 시키고 싶지 않았다.

"내가 할게."

내가 말했다.

"네가 당기기엔 너무 무거워."

나는 천천히 두레박을 당겨 올려 우물 가장자리 돌 위에 떨어지지 않게 잘 올려놓았다. 내 귀에는 도르래의 노랫소리가 쟁쟁하게 울렸고, 두레박 속의 출렁이는 물 위에는 햇살이 일렁이는 게 보였다.

"이 물을 마시고 싶어. 물을 좀 줘……."

어린 왕자가 말했다.

그때 나는 어린 왕자가 찾고 있는 게 무엇인지 깨달았다.

나는 두레박을 그의 입술에 갖다 대주었다. 그는 눈을 감은 채 물을 마셨다. 그 순간은 축제처럼 감미로웠다.

그 물은 마시는 물 이상의 그 무엇이었다. 그것은 별

빛 아래 밤새 걸어온 길과 도르래의 노래와 그리고 그 걸 당긴 내 두 팔의 노력으로 태어난 것이었다. 그 물은 마치 선물을 받았을 때처럼 마음을 기쁘게 해주는 것이 었다. 내가 어린 소년이었을 때 크리스마스트리의 불빛 과 자정 미사의 음악과 사람들의 부드러운 미소가 내가 받는 선물을 마냥 황홀한 것으로 만들어주었던 것과 같 은 이치였다.

"아저씨 별의 사람들은 한 정원 안에 장미꽃을 오천 송이나 가꾸지만 그들이 원하는 것을 거기서 발견하지 못해……."

어린 왕자가 말했다.

"그래, 발견하지 못한단다."

내가 대답했다.

"그렇지만 그들이 찾는 것은 단 한 송이의 꽃이나 물 한 모금에서 얻을 수도 있어……."

어린 왕자가 말했다.

"물론이지."

"그러나 눈으로는 보지 못해. 마음으로 찾아야 해."

어린 왕자가 덧붙였다.

나도 물을 마시고 나서 숨을 한 번 크게 쉬었다. 마음이 편안해졌다. 모래가 햇빛을 받아서 꿀 빛깔을 띠었다. 나는 그 모습에도 행복했다. 괴로워할 필요가 어디 있겠는가…….

"아저씨가 한 약속을 지켜줘야 해."

다시 내 곁으로 와서 앉아 있던 어린 왕자가 내게 살며시 말했다.

"약속? 무슨 약속?"

"약속했잖아……. 양에게 입마개를 씌워준다고…….
난 그 꽃에게 책임이 있어!"

나는 주머니에서 내가 그려두었던 그림들을 꺼냈다.
어린 왕자가 그걸 보더니 웃으며 말했다.

"아저씨가 그린 바오밥나무는 양배추처럼 생겼어……."

"아, 그래?"

난 바오밥나무 그림에 대해서만큼은 제대로 그렸다고 우쭐해하지 않았던가!

"그리고 아저씨가 그린 이 여우는…… 귀가…… 꼭 뿔처럼 생겼어…… 너무 길어!"

어린 왕자는 이렇게 말하며 또 웃었다.

"너 정말 너무 심하구나. 나는 속이 보이는 보아뱀과

속이 보이지 않는 보아뱀밖에 못 그린다니까."

"아, 그건 괜찮아. 아이들은 알고 있으니까."

그가 말했다.

나는 입마개를 그려서 어린 왕자에게 주면서 가슴이 미어지는 느낌이었다.

"이제 너 어떡할 거니?"

그는 대답 대신 이렇게 말했다.

"내가 이 지구에 떨어진 지도…… 내일이면 꼭 일 년이 돼……."

그러고는 잠시 침묵을 지키던 그가 다시 말을 이었다.

"바로 이 근처에 떨어졌었어……."

그는 얼굴을 붉혔다.

그러자 왠지 모를 슬픔이 또다시 내게 솟구쳤다. 그때 한 가지 의문이 떠올랐다.

"그럼 일주일 전 내가 너를 처음 본 날 아침, 사람이 사는 곳에서 수천 마일이나 떨어진 곳에서 네가 혼자 걷고 있었던 것이 우연이 아니었구나. 네가 떨어진 바로 그곳으로 돌아가고 있었니?"

어린 왕자는 다시 얼굴을 붉혔다.

내가 잠시 머뭇거리다가 또 물었다.

"일 년이 되었기 때문에?"

어린 왕자는 또 한 번 얼굴을 붉혔다. 그는 묻는 말에 결코 대답하진 않았으나 얼굴을 붉힌다는 것은 그렇다는 뜻이 아닌가?

"아! 난 두려워지는구나……."

그러자 어린 왕자는 이렇게 대답했다.

"아저씨는 이제 일을 해야 해. 아저씨 기계로 돌아가. 난 여기서 아저씨를 기다리고 있을게. 내일 저녁에 다시 와……."

하지만 나는 마음을 놓을 수 없었다. 그 여우 생각이 났다. 누군가에게 길들여진다는 것은 눈물을 흘릴 일이 생긴다는 것인지도 모른다.

26

우물 옆에는 폐허가 된 해묵은 돌담이 있었다. 다음 날 저녁에 일을 마치고 내가 다시 그리로 갔을 때, 어린 왕자는 그 위에 다리를 늘어뜨리고 앉아 있었다. 그가 누군가에게 말하는 소리가 들렸다.

"기억 안 나? 정확하게 여기는 아니야……"

그가 다시 대꾸하는 것으로 미루어, 다른 목소리가 그에게 뭐라고 대답한 모양이었다.

"아냐, 날짜는 맞지만 장소는 여기가 아니라고."

나는 돌담을 향해 걸어갔다. 아무도 보이지 않았고 아무 소리도 들리지 않는데도 어린 왕자는 다시 대꾸를 했다.

"……물론이지. 모래 위의 내 발자국이 어디서 시작되는지 잘 봐 둬. 거기서 날 기다리면 돼. 오늘 밤 그리로 갈게."

나는 돌담에서 겨우 이십 미터쯤 떨어진 거리에 있었지만 여전히 아무것도 눈에 띄지 않았다.

어린 왕자는 잠시 침묵을 지키다가 다시 말을 이었다.

"네 독은 좋은 거지? 나를 오랫동안 아프게 하지 않을 자신이 있지?"

나는 가슴이 두근거려 우뚝 멈춰 섰다. 무슨 이야기인지 도무지 알 수가 없었다.

"그럼 이제 가 봐……. 내려가야겠어!"

어린 왕자가 말했다.

그때서야 나는 돌담 밑을 내려다보다가 기겁을 하고 말았다. 거기에는 단 삼십초 만에 사람을 사형에 처할 수도 있는 노란 뱀 한 마리가 어린 왕자를 향해 머리를 바짝 세우고 있었다. 나는 권총을 꺼내려고 호주머니를 뒤지면서 막 뛰어갔다.

그러나 내 발자국 소리에 그 뱀은 사그라지는 분수처럼 천천히 모래 속으로 미끄러져 사라져버렸다. 조금도 허둥대지 않고 가벼운 쇳소리를 내면서 돌들 사이로 몸을 감추어버린 것이다.

나는 돌담 밑까지 달려가 얼굴빛이 눈처럼 새하얘진 나의 어린 왕자를 품에 받아 안았다.

"이게 도대체 어떻게 된 일이니? 이젠 뱀과 얘기를 하다니!"

그럼 이제 가 봐……. 내려가야겠어!

나는 그가 밤낮없이 목에 두르고 있는 금빛 머플러를 풀어주었다. 그리고 관자놀이에 물을 적시고 물을 마시게 했다. 그러나 이제는 그에게 더 이상 무어라 물어볼 엄두가 나지 않았다. 그는 나를 진지한 얼굴로 바라보더니 두 팔로 내 목을 끌어안았다. 총에 맞아 죽어가는 새처럼 그의 심장이 뛰는 것이 느껴졌다.

　"아저씨가 고장 난 기계를 고치게 돼서 기뻐. 아저씬 이제 집으로 돌아갈 수 있겠네……."

　"그걸 어떻게 알았나?"

　그렇지 않아도 도저히 고치지 못할 것 같던 비행기를 고쳤다는 사실을 그에게 알리려던 참이 아니었던가!

　그는 내 물음에 아무 대답도 하지 않고 이렇게 덧붙였다.

　"나도 오늘 집으로 돌아가……."

　그러더니 또다시 쓸쓸하게 말했다.

　"내가 갈 길이 훨씬 더 멀고…… 훨씬 더 어려워……."

　무언가 심상치 않은 일이 일어나고 있다는 것을 나는 느낄 수 있었다. 나는 그를 아기처럼 품에 꼬옥 껴안았다. 그런데도 내가 붙잡을 사이도 없이 그가 깊은 심연 속으로 빨려 들어가고 있는 것만 같은 기분이었다.

　그는 진지한 눈빛으로 아득히 먼 곳을 바라보았다.

"내겐 아저씨가 그려준 양이 있어. 그리고 그 양을 위한 상자도 있고. 입마개도 있고……."

그러고는 쓸쓸히 미소를 지었다.

나는 한참을 기다렸다. 그의 몸이 조금씩 따뜻해지는 것이 느껴졌다.

"너, 무서웠구나……."

틀림없이 그는 무서웠을 것이다. 그런데도 그는 부드럽게 웃었다.

"오늘 밤엔 더 무서울 거야……."

영영 돌이킬 수 없는 어떤 일이 일어나고 있다는 느낌에 나는 다시금 눈앞이 아찔해졌다. 그 웃음소리를 영영 다시 들을 수 없게 된다니 생각만 해도 견딜 수 없었다. 그것은 나에게 사막의 샘 같은 것이었다.

"얘, 네 웃음소리를 다시 한 번 듣고 싶어……."

그러나 그는 이렇게 말했다.

"오늘 밤이면 꼭 일 년째가 돼. 내 별이 내가 작년 이맘때 떨어졌던 그 장소 바로 위에 있게 될 거야……."

"얘, 그 뱀이니 만날 약속이니 별이니 하는 이야기는 모두 못된 꿈같은 거 아니니……."

그는 내 물음에 대답하지 않았다.

단지 "중요한 건 눈에 보이지 않아……"라고 말할 뿐
이었다.

"물론이지……."

"꽃도 마찬가지야. 어느 별에 사는 꽃 한 송이를 사랑
한다면 밤에 하늘을 바라보는 게 감미로울 거야. 별들
마다 모두 꽃이 될 테니까."

"그래……."

"물도 마찬가지야. 아저씨가 내게 마시라고 준 물은
음악 같은 것이었어. 도르래와 밧줄 때문에…… 기억나
지…… 정말 맛있는 물이었어."

"맞아……."

"밤이면 별들을 바라봐. 내 별은 너무 작아서 어디 있
는지 지금 아저씨에게 가리켜줄 수는 없어. 오히려 그
편이 더 좋아. 내 별은 아저씨에게는 여러 별들 중의 하
나가 되는 거지. 그럼 아저씬 어느 별이든지 바라보면
서 즐거워할 테니까……. 그 별들은 모두 아저씨 친구
가 될 거야……. 그리고 아저씨에게 내가 선물을 하나
하려고 해……."

이렇게 말하고 그는 다시 웃었다.

"아, 그 웃음소리가 난 좋다!"

"그게 바로 내 선물이야……. 그건 물도 마찬가지야……."

"무슨 뜻이지?"

"모든 사람들에게 별들이 다 같은 의미는 아니야. 여행하는 사람에게 별은 길잡이지. 또 어떤 사람들에겐 그저 조그만 빛일 뿐이고, 학자들에게 별은 연구해야 할 대상이고, 내가 만난 사업가에겐 별은 황금이지. 하지만 이런 모든 별들은 침묵을 지키고 있어. 아저씬 어느 누구도 갖지 못한 별들을 갖게 될 거야……."

"그건 또 무슨 뜻이니?"

"내가 그 별들 가운데 하나에 살고 있을 거야. 그리고 내가 그 한 별에서 웃고 있을 거야. 그러니까 아저씨가 밤하늘을 바라보면 별들이 웃고 있는 것처럼 보일 거야. 그러면 아저씨는 웃을 줄 아는 별들을 갖게 되는 거야!"

그는 또 웃었다.

"그리고 아저씨의 슬픔이 가라앉으면 (시간이 흐르면 슬픔은 가라앉게 마련이니까) 나를 알게 된 것을 기뻐하게 될 거야. 아저씬 언제까지나 내 친구로 있을 거야. 그래서 나와 함께 웃고 싶어질 거야. 그래서 이따금 괜히 창문을 열게 되겠지…… 그럼 아저씨 친구들은 아저씨가 하늘을 바라보며 웃는 걸 보고 꽤나 놀랄 테지.
그러면 아저씨는 친구들에게 이렇게 말해 줘. '그래, 별
들을 보면 언제나 웃음이 나오거든.' 그럼 그들은 아저
씨가 미쳤다고 생각할지도 몰라. 난 그럼 아저씨에게
못된 짓을 한 셈이네……."

이렇게 말하고는 그는 다시 웃었다.

"그렇게 되면 내가 아저씨에게 별들이 아니라 웃을
줄 아는 조그만 방울들을 잔뜩 준 셈이 되는 거지……."

그리고 그는 한 번 더 웃었다. 그러더니 다시 진지한
표정을 지으며 말했다.

"오늘 밤에는…… 오지 마."

"난 네 곁을 떠나지 않을 거야."

"난 아픈 것처럼 보일 거야……. 죽는 것처럼 보일지
도 몰라. 그럴 거야. 그런 모습 보이고 싶지 않아. 그럴
필요 없어."

"난 네 곁을 떠나지 않을 거야."

그러나 그는 근심스러운 얼굴이었다.

"내가 이렇게 말하는 건…… 뱀 때문이야. 뱀이 아저
씨를 물면 안 되거든……. 뱀은 사나워, 괜히 장난삼아
물기도 하거든……."

"난 네 곁을 떠나지 않을 거야."

그러나 그는 곧 안심이 되는 모양이었다.

"그래, 맞아. 뱀이 두 번째 물 때에는 독이 없다고 했
지……."

그날 밤 나는 그가 길을 떠나는 걸 보지 못했다. 그는
소리 없이 슬그머니 사라져버렸다. 내가 그를 뒤쫓아가
서 따라잡았을 때 그는 잰걸음으로 뭔가 결심한 듯 걷
고 있었다. 나를 보자 그는 그저 이렇게 말할 뿐이었다.

"아! 아저씨 왔어?"

그리고 그는 내 손을 잡았다. 그러나 그는 여전히 걱

정을 하고 있었다.

"아저씨가 온 건 잘못이야. 보나마나 마음이 몹시 아플 텐데……. 내가 죽은 듯이 보일 거야. 하지만 정말 그런 것은 아니야……."

나는 아무 말도 하지 않았다.

"아저씨도 알 거야. 거긴 너무 멀어. 내 몸까지 가져갈 수는 없거든. 너무 무거워서……."

나는 아무 말도 하지 못했다.

"하지만 그것은 버려야 할 낡은 껍데기 같은 거야. 낡은 껍데기를 버린다고 슬퍼할 건 없잖아……."

나는 아무 말도 하지 못했다.

그는 조금 풀이 죽은 듯이 보였다. 하지만 다시 기운을 내려고 안간힘을 썼다.

"아저씨도 알 테지만 참 좋을 거야. 나도 별들을 바라볼 거야. 그러면 모든 별들이 녹슨 도르래가 달린 우물로 보이게 될 테지. 그리고 그 모든 별들이 모두 내게 마실 물을 부어 줄 거야……."

나는 아무 말도 못 했다.

"정말 재미있겠지! 아저씨는 오억 개의 작은 방울을 갖게 되고 나는 오억 개의 샘물을 갖게 될 테니……."

그러고는 그도 역시 아무 말이 없었다. 그는 울고 있었던 것이다…….

"이제 다 왔어. 저기야. 나 혼자서 한 걸음만 옮기게 해줘."

그러더니 그는 그 자리에 주저앉았다. 무서웠기 때문이었다.

그가 다시 말했다.

"아저씨…… 내 꽃 말인데…… 나는 그 꽃에게 책임

어린 왕자는 나무가 쓰러지듯 스르르 쓰러졌다.

이 있어! 더구나 그 꽃은 몹시 연약하거든! 또 너무 순진해서 아무것도 아닌 네 개의 가시로 세상에 대해 자기 몸을 방어할 수 있다고 생각하고 있어……."

나는 더 이상 서 있을 수가 없어서 주저앉았다.

그가 말했다.

"자…… 이제 다 끝났어……."

그는 잠시 머뭇거리더니 다시 일어났다. 그리고 한 걸음을 내디뎠다. 나는 꼼짝도 할 수가 없었다.

그의 발목에 노란 한 줄기 빛이 번쩍 했을 뿐이었다. 그는 잠깐 동안 그대로 서 있었다. 그는 소리치지도 않았다. 어린 왕자는 나무가 쓰러지듯 스르르 쓰러졌다. 모래 때문에 소리조차 들리지 않았다.

27

　그러니까 그게 벌써 여섯 해 전의 일이었다……. 나는 이 이야기를 그 누구에게도 하지 않았다. 나를 다시 만난 내 친구들은 내가 살아 돌아온 것을 매우 기뻐했다. 나는 슬펐지만, 너무 지쳐서 그렇게 보일 뿐이라고 그들에게 말했다.

　이제는 내 슬픔도 조금 가셨다. 다시 말해서…… 완전히 싹 가셔버린 것은 아니라는 뜻이다. 하지만 나는 그가 자기의 별로 돌아갔다는 걸 알고 있다. 왜냐하면 다음 날 해가 떴을 때 그의 몸이 온데간데없었기 때문이다. 그의 몸은 그리 무겁지 않았다……. 그래서 밤이면 나는 별들에게 귀 기울이기를 좋아한다. 그것들은 마치 오억 개의 작은 방울들 같다…….

　아아! 그런데 이 일을 어쩌면 좋은가! 어린 왕자에게 그려준 그 양의 입마개에 가죽끈을 붙이는 것을 내가 깜빡 잊어버린 것이다! 끈이 없으니 어린 왕자는 입마개를 양의 입에다 고정시킬 방법이 없을 것이다. 그래서 나는 '그의 별에서 무슨 일이 일어나고 있을까? 양이 꽃을 먹었을까⋯⋯.' 하고 궁금해하고 있다.

어떤 때는 '천만에! 그럴 리가 없지! 어린 왕자가 그 꽃을 밤새도록 유리 덮개로 잘 덮어주겠지. 그리고 양을 잘 지킬 테고⋯⋯.' 하고 생각해 본다. 그러면 나는 행복해지고 또 모든 별들이 나에게 부드러운 미소를 보내준다.

또 어떤 때는 '누구나 한두 번쯤 방심할 수도 있지. 그러면 끝장인데! 어느 날 밤 그가 유리 덮개 씌우는 걸 잊었거나 또 만약에 양이 밤중에 소리 없이 상자 밖으로 나왔을지도 몰라⋯⋯.' 하는 생각이 들기도 한다. 그러면 저 모든 작은 방울들은 모두 눈물방울로 변한다!

이것은 정말 대단한 수수께끼다. 어린 왕자를 사랑하는 여러분들이나 내게는, 우리가 알지 못하는 이 세상 어딘가에서 한 마리의 양이 한 송이 장미꽃을 먹었느냐 먹지 않았느냐에 따라서 세상이 온통 달라지는 것이다.

하늘을 바라보라. 그리고 생각해 보라. 양이 그 꽃을 먹었을까 먹지 않았을까? 그러면 거기에 따라 모든 게 변하는 것을 여러분은 알게 되리라⋯⋯.

그런데 그것이 그렇게 중요하다는 것을 어른들은 아무도 이해하지 못할 것이다!

이 그림이 나에게는 이 세상에서 가장 아름답고 그리고 가장 슬픈 풍경이다. 앞 페이지에 있는 그림과 같은 풍경이지만 여러분에게 더 잘 보여주기 위해서 다시 한 번 그린 것이다. 어린 왕자가 지구에 나타났다가 다시 사라진 곳이 바로 여기다.

이 그림을 자세히 잘 보아두었다가 언젠가 여러분이 아프리카 사막을 여행할 때 '아! 여기구나.' 하고 곧바로 알아볼 수 있기를 바란다. 그리고 만약 이곳을 지나가게 되거든 부디 발걸음을 서두르지 말고 저 별 아래에서 잠시 기다려 보기를 간곡히 부탁한다!

그때 만일 한 아이가 여러분에게 다가와서 웃으면, 머리카락이 금빛이면, 그리고 묻는 말에 대답을 하지 않으면, 여러분은 그가 누구인지 짐작할 수 있으리라. 그러면 내게 친절을 베풀어주시기를! 내가 이처럼 마냥 슬퍼하도록 내버려두지 말고 그가 돌아왔다고 나에게 빨리 편지를 보내주시기를…….

The Little Prince

01

Once when I was six years old I saw a magnificent picture in a book, called *True Stories from Nature*, about the primeval forest. It was a picture of a boa constrictor in the act of swallowing an animal. Here is a copy of the drawing.

In the book it said: "Boa constrictors swallow their prey whole, without chewing it. After that they are not able to move, and they sleep through the six months that they need for digestion."

I pondered deeply, then, over the adventures of the jungle. And after some work with a colored pencil I succeeded in making my first drawing. My Drawing Number One. It looked like this: I showed my masterpiece to the grown-ups, and asked them whether the drawing frightened them.

But they answered: "Frighten? Why should any one be frightened by a hat?"

My drawing was not a picture of a hat. It was a picture of a boa constrictor digesting an elephant. But since the grown-ups were not able to understand it, I made another drawing: I drew the inside of the boa constrictor, so that the grown-ups could see inside it clearly. They always need to have things explained. My Drawing Number Two looked like this:

The grown-ups response, this time, was to advise me to lay aside my drawings of boa constrictors, whether from the inside or the outside, and devote myself instead to geography, history, arithmetic and grammar. That is why, at the age of six, I gave up what might have been a magnificent career as a painter. I had been disheartened by the failure of my Drawing Number One and my Drawing Number Two. Grown-ups never understand anything by themselves, and it is tiresome for children to be always and forever explaining things to them.

So then I chose another profession, and learned to pilot airplanes. I have flown a little over all parts of the world; and it is true that geography has been very useful to me. At a glance I can distinguish China from Arizona. If one gets lost in the night, such knowledge is valuable.

In the course of this life I have had a great many encounters with a great many people who have been concerned with matters of consequence. I have lived a great deal among grown-ups. I have seen them intimately, close at hand. And that hasn't much improved my opinion of them.

Whenever I met one of them who seemed to me at all clear-sighted, I tried the experiment of showing him my Drawing Number One, which I have always kept. I would try to find out, so, if this was a person of true understanding. But, whoever it was, he, or she, would always say: "That is a hat."

Then I would never talk to that person about boa constrictors, or primeval forests, or stars. I would bring myself down to his level. I would talk to him about bridge, and golf, and politics, and neckties. And the grown-up would be greatly pleased to have met such a sensible man.

02

So I lived my life alone, without anyone that I could really talk to, until I had an accident with my plane in the Desert of Sahara, six years ago.

Something was broken in my engine. And as I had with me neither a mechanic nor any passengers, I set myself to attempt the difficult repairs all alone. It was a question of life or death for me: I had scarcely enough drinking water to last a week.

The first night, then, I went to sleep on the sand, a thousand miles from any human habitation. I was more isolated than a shipwrecked sailor on a raft in the middle of the ocean. Thus you can imagine my amazement, at sunrise, when I was awakened by an odd little voice. It said:

"If you please— draw me a sheep!"

"What!"

"Draw me a sheep!"

I jumped to my feet, completely thunderstruck. I blinked my eyes hard. I looked carefully all around me. And I saw a most extraordinary small person, who stood there examining me with great seriousness. Here you may see the best potrait that, later, I was able to make of him. But my drawing is certainly very much less charming than its model.

That, however, is not my fault. The grown-ups discouraged me in my painter's career when I was six years old, and I never learned to draw anything, except boas from the outside and boas from the inside.

Now I stared at this sudden apparition with my eyes fairly starting out of my head in astonishment. Remember, I had crashed in the desert a thousand miles from any inhabited region. And yet my little man seemed neither to be straying uncertainly among the sands, nor to be fainting from fatigue or hunger or thirst or fear. Nothing about him gave any suggestion of a child lost in the middle of the desert, a thousand miles from any human habitation. When at last I was able to speak, I said to him:

"But— what are you doing here?"

And in answer he repeated, very slowly, as if he were speaking of a matter of great consequence:

"If you please— draw me a sheep..."

When a mystery is too overpowering, one dare not disobey. Absurd as it might seem to me, a thousand miles from any human habitation and in danger of death, I took out of my pocket a sheet of paper and my fountain-pen. But then I remembered how my studies had been concentrated on geography, history, arithmetic, and grammar, and I told the little chap (a little crossly, too) that I did not know how to draw. He answered me:

"That doesn't matter. Draw me a sheep..."

But I had never drawn a sheep. So I drew for him one of the two pictures I had drawn so often. It was that of the boa constrictor from the outside. And I was astounded to hear the little fellow greet it with,

"No, no, no! I do not want an elephant inside a boa constrictor. A boa constrictor is a very dangerous creature, and an elephant is very cumbersome. Where I live, everything is very small. What I need is a sheep. Draw me a sheep."

So then I made a drawing.

He looked at it carefully, then he said:

"No. This sheep is already very sickly. Make me another."

So I made another drawing.

My friend smiled gently and indulgently.

"You see yourself," he said, "that this is not a sheep. This is a ram. It has horns."

So then I did my drawing over once more.

But it was rejected too, just like the others.

"This one is too old. I want a sheep that will live a long time."

By this time my patience was exhausted, because I was in a hurry to start taking my engine apart. So I tossed off this drawing.

And I threw out an explanation with it.

"This is only his box. The sheep you asked for is inside."

I was very surprised to see a light break over the face of my young judge:

"That is exactly the way I wanted it! Do you think that this sheep will have to have a great deal of grass?"

"Why?"

"Because where I live everything is very small..."

"There will surely be enough grass for him," I said. "It is a very small sheep that I have given you."

He bent his head over the drawing:

"Not so small that— Look! He has gone to sleep..."

And that is how I made the acquaintance of the little prince.

03

It took me a long time to learn where he came from. The little prince, who asked me so many questions, never seemed to hear the ones I asked him. It was from words dropped by chance that, little by little, everything was revealed to me.

The first time he saw my airplane, for instance (I shall not draw my airplane; that would be much too complicated for me), he asked me:

"What is that object?"

"That is not an object. It flies. It is an airplane. It is my airplane."

And I was proud to have him learn that I could fly.

He cried out, then:

"What! You dropped down from the sky?"

"Yes," I answered, modestly.

"Oh! That is funny!"

And the little prince broke into a lovely peal of laughter, which irritated me very much. I like my misfortunes to be taken seriously.

Then he added:

"So you, too, come from the sky! Which is your planet?"

At that moment I caught a gleam of light in the impenetrable mystery of his presence; and I demanded, abruptly:

"Do you come from another planet?"

But he did not reply. He tossed his head gently, without taking his eyes from my plane:

"It is true that on that you can't have come from very far away..."

And he sank into a reverie, which lasted a long time. Then, taking my sheep out of his pocket, he buried himself in the contemplation of his treasure.

You can imagine how my curiosity was aroused by this half-confidence about the "other planets." I made a great effort, therefore, to find out more on this subject.

"My little man, where do you come from? What is this 'where I live' of which you speak? Where do you want to take your sheep?"

After a reflective silence he answered:

"The thing that is so good about the box you have given me is that at night he can use it as his house."

"That is so. And if you are good I will give you a string, too, so that you can tie him during the day, and a post to tie him to."

But the little prince seemed shocked by this offer:

"Tie him! What a queer idea!"

"But if you don't tie him," I said, "he will wander off somewhere, and get lost."

My friend broke into another peal of laughter:

"But where do you think he would go?"

"Anywhere. Straight ahead of him."

Then the little prince said, earnestly:

"That doesn't matter. Where I live, everything is so small!"

And, with perhaps a hint of sadness, he added:

"Straight ahead of him, nobody can go very far..."

04

I had thus learned a second fact of great importance: this was that the planet the little prince came from was scarcely any larger than a house!

But that did not really surprise me much. I knew

very well that in addition to the great planets —such as the Earth, Jupiter, Mars, Venus— to which we have given names, there are also hundreds of others, some of which are so small that one has a hard time seeing them through the telescope. When an astronomer discovers one of these he does not give it a name, but only a number. He might call it, for example, "Asteroid 325."

I have serious reason to believe that the planet from which the little prince came is the asteroid known as B-612.

This asteroid has only once been seen through the telescope. That was by a Turkish astronomer, in 1909.

On making his discovery, the astronomer had presented it to the International Astronomical Congress, in a great demonstration. But he was in Turkish costume, and so nobody would believe what he said.

Grown-ups are like that...

Fortunately, however, for the reputation of Asteroid B-612, a Turkish dictator made a law that his subjects, under pain of death, should change to European costume. So in 1920 the astronomer gave his demonstration all over again, dressed with impressive style and elegance. And this time everybody accepted his report.

If I have told you these details about the asteroid, and made a note of its number for you, it is on account of the grown-ups and their ways. When you tell them that you have made a new friend, they never ask you any questions about essential matters. They never say to you, "What does his voice sound like? What games does he love best? Does he collect butterflies?" Instead, they demand: "How old is he? How many brothers has he? How much does he weigh? How much money does his father make?" Only from these figures do they think they have learned anything about him.

If you were to say to the grown-ups: "I saw a beautiful house made of rosy brick, with geraniums in the windows and doves on the roof," they would not be able to get any idea of that house at all. You would have to say to them: "I saw a house that cost $ 20,000." Then they would exclaim: "Oh, what a pretty house that is!"

Just so, you might say to them: "The proof that the

little prince existed is that he was charming, that he laughed, and that he was looking for a sheep. If anybody wants a sheep, that is a proof that he exists." And what good would it do to tell them that? They would shrug their shoulders, and treat you like a child. But if you said to them: "The planet he came from is Asteroid B-612," then they would be convinced, and leave you in peace from their questions.

They are like that. One must not hold it against them. Children should always show great forbearance toward grown-up people.

But certainly, for us who understand life, figures are a matter of indifference. I should have liked to begin this story in the fashion of the fairy-tales. I should have like to say: "Once upon a time there was a little prince who lived on a planet that was scarcely any bigger than himself, and who had need of a sheep..."

To those who understand life, that would have given a much greater air of truth to my story.

For I do not want any one to read my book carelessly. I have suffered too much grief in setting down these memories. Six years have already passed since my friend went away from me, with his sheep. If I try to describe him here, it is to make sure that I shall not forget him. To forget a friend is sad. Not every one has had a friend. And if I forget him, I may become like the grown-ups who are no longer interested in anything but figures...

It is for that purpose, again, that I have bought a box of paints and some pencils. It is hard to take up drawing again at my age, when I have never made any pictures except those of the boa constrictor from the outside and the boa constrictor from the inside, since I was six. I shall certainly try to make my portraits as true to life as possible. But I am not at all sure of success. One drawing goes along all right, and another has no resemblance to its subject. I make some errors, too, in the little prince's height: in one place he is too tall and in another too short. And I feel some doubts about the color of his costume. So I fumble along as best I can, now good, now bad, and I hope generally fair-to-middling.

In certain more important details I shall make mistakes, also. But that is something that will not be my fault. My friend never explained anything to me.

He thought, perhaps, that I was like himself. But I, alas, do not know how to see sheep through the walls of boxes. Perhaps I am a little like the grown-ups. I have had to grow old.

05

As each day passed I would learn, in our talk, something about the little prince's planet, his departure from it, his journey. The information would come very slowly, as it might chance to fall from his thoughts. It was in this way that I heard, on the third day, about the catastrophe of the baobabs.

This time, once more, I had the sheep to thank for it. For the little prince asked me abruptly— as if seized by a grave doubt— "It is true, isn't it, that sheep eat little bushes?"

"Yes, that is true."

"Ah! I am glad!"

I did not understand why it was so important that sheep should eat little bushes. But the little prince added:

"Then it follows that they also eat baobabs?"

I pointed out to the little prince that baobabs were not little bushes, but, on the contrary, trees as big as castles; and that even if he took a whole herd of elephants away with him, the herd would not eat up one single baobab.

The idea of the herd of elephants made the little prince laugh.

"We would have to put them one on top of the other," he said.

But he made a wise comment:

"Before they grow so big, the baobabs start out by being little."

"That is strictly correct," I said. "But why do you want the sheep to eat the little baobabs?"

He answered me at once, "Oh, come, come!", as if he were speaking of something that was self-evident. And I was obliged to make a great mental effort to solve this problem, without any assistance.

Indeed, as I learned, there were on the planet where the little prince lived— as on all planets— good plants and bad plants. In consequence, there were good seeds from good plants, and bad seeds from bad plants. But seeds are invisible. They sleep deep in the heart of the earth's darkness, until some one among them is seized with the desire to awaken. Then this little seed will stretch itself and begin— timidly at first— to push a charming little sprig inoffensively upward toward the sun. If it is only a sprout of radish or the sprig of a rose-bush, one would let it grow wherever it might wish. But when it is a bad plant, one must destroy it as soon as possible, the very first instant that one recognizes it.

Now there were some terrible seeds on the planet that was the home of the little prince; and these were the seeds of the baobab. The soil of that planet was infested with them. A baobab is something you will never, never be able to get rid of if you attend to it too late. It spreads over the entire planet. It bores clear through it with its roots. And if the planet is too small, and the baobabs are too many, they split it in pieces...

"It is a question of discipline," the little prince said to me later on. "When you've finished your own toilet in the morning, then it is time to attend to the toilet of your planet, just so, with the greatest care.

You must see to it that you pull up regularly all the baobabs, at the very first moment when they can be distinguished from the rosebushes which they resemble so closely in their earliest youth. It is very tedious work," the little prince added, "but very easy."

And one day he said to me: "You ought to make a beautiful drawing, so that the children where you live can see exactly how all this is. That would be very useful to them if they were to travel some day. Sometimes," he added, "there is no harm in putting off a piece of work until another day. But when it is a matter of baobabs, that always means a catastrophe. I knew a planet that was inhabited by a lazy man. He neglected three little bushes..."

So, as the little prince described it to me, I have made a drawing of that planet. I do not much like to take the tone of a moralist. But the danger of the baobabs is so little understood, and such considerable risks would be run by anyone who might get lost on an asteroid, that for once I am breaking through my reserve. "Children," I say plainly, "watch out for the baobabs!"

My friends, like myself, have been skirting this danger for a long time, without ever knowing it; and so it is for them that I have worked so hard over this drawing. The lesson which I pass on by this means is worth all the trouble it has cost me.

Perhaps you will ask me, "Why are there no other drawing in this book as magnificent and impressive as this drawing of the baobabs?"

The reply is simple. I have tried. But with the others I have not been successful. When I made the drawing of the baobabs I was carried beyond myself by the inspiring force of urgent necessity.

06

Oh, little prince! Bit by bit I came to understand the secrets of your sad little life... For a long time you had found your only entertainment in the quiet pleasure of looking at the sunset. I learned that new detail on the morning of the fourth day, when you said to me:

"I am very fond of sunsets. Come, let us go look at a sunset now."

"But we must wait," I said.

"Wait? For what?"

"For the sunset. We must wait until it is time."

At first you seemed to be very much surprised. And then you laughed to yourself. You said to me:

"I am always thinking that I am at home!"

Just so. Everybody knows that when it is noon in the United States the sun is setting over France.

If you could fly to France in one minute, you could go straight into the sunset, right from noon. Unfortunately, France is too far away for that. But on your tiny planet, my little prince, all you need do is move your chair a few steps. You can see the day end and the twilight falling whenever you like...

"One day," you said to me, "I saw the sunset forty-four times!"

And a little later you added:

"You know— one loves the sunset, when one is so sad..."

"Were you so sad, then?" I asked, "on the day of the forty-four sunsets?"

But the little prince made no reply.

On the fifth day— again, as always, it was thanks to the sheep— the secret of the little prince's life was revealed to me. Abruptly, without anything to lead up to it, and as if the question had been born of long and silent meditation on his problem, he demanded:

"A sheep— if it eats little bushes, does it eat flowers, too?"

"A sheep," I answered, "eats anything it finds in its reach."

"Even flowers that have thorns?"

"Yes, even flowers that have thorns."

"Then the thorns— what use are they?"

I did not know. At that moment I was very busy trying to unscrew a bolt that had got stuck in my engine. I was very much worried, for it was becoming clear to me that the breakdown of my plane was extremely serious. And I had so little drinking-water left that I had to fear for the worst.

"The thorns— what use are they?"

The little prince never let go of a question, once he

had asked it. As for me, I was upset over that bolt. And I answered with the first thing that came into my head:

"The thorns are of no use at all. Flowers have thorns just for spite!"

"Oh!"

There was a moment of complete silence. Then the little prince flashed back at me, with a kind of resentfulness:

"I don't believe you! Flowers are weak creatures. They are naive. They reassure themselves as best they can. They believe that their thorns are terrible weapons..."

I did not answer. At that instant I was saying to myself: "If this bolt still won't turn, I am going to knock it out with the hammer." Again the little prince disturbed my thoughts.

"And you actually believe that the flowers—."

"Oh, no!" I cried. "No, no no! I don't believe anything. I answered you with the first thing that came into my head. Don't you see— I am very busy with matters of consequence!"

He stared at me, thunderstruck.

"Matters of consequence!"

He looked at me there, with my hammer in my hand, my fingers black with engine-grease, bending down over an object which seemed to him extremely ugly...

"You talk just like the grown-ups!"

That made me a little ashamed. But he went on, relentlessly:

"You mix everything up together... You confuse everything..."

He was really very angry. He tossed his golden curls in the breeze.

"I know a planet where there is a certain red-faced gentleman. He has never smelled a flower. He has never looked at a star. He has never loved any one. He has never done anything in his life but add up figures. And all day he says over and over, just like you: 'I am busy with matters of consequence!' And that makes him swell up with pride. But he is not a man— he is a mushroom!"

"A what?"

"A mushroom!"

The little prince was now white with rage.

"The flowers have been growing thorns for millions of years. For millions of years the sheep have been eating them just the same. And is it not a matter of consequence to try to understand why the flowers go to so much trouble to grow thorns which are never of any use to them? Is the warfare between the sheep and the flowers not important? Is this not of more consequence than a fat red-faced gentleman's sums? And if I know— I, myself— one flower which is unique in the world, which grows nowhere but on my planet, but which one little sheep can destroy in a single bite some morning, without even noticing what he is doing— Oh! You think that is not important!"

His face turned from white to red as he continued:

"If some one loves a flower, of which just one single blossom grows in all the millions and millions of stars, it is enough to make him happy just to look at the stars. He can say to himself, 'Somewhere, my flower is there...' But if the sheep eats the flower, in one moment all his stars will be darkened... And you think that is not important!"

He could not say anything more. His words were choked by sobbing.

The night had fallen. I had let my tools drop from my hands. Of what moment now was my hammer, my bolt, or thirst, or death? On one star, one planet, my planet, the Earth, there was a little prince to be comforted. I took him in my arms, and rocked him. I said to him:

"The flower that you love is not in danger. I will draw you a muzzle for your sheep. I will draw you a railing to put around your flower. I will—."

I did not know what to say to him. I felt awkward and blundering. I did not know how I could reach him, where I could overtake him and go on hand in hand with him once more.

It is such a secret place, the land of tears.

08

I soon learned to know this flower better. On the little prince's planet the flowers had always been very simple. They had only one ring of petals; they took up no room at all; they were a trouble to nobody. One morning they would appear in the grass, and by night they would have faded peacefully away. But one day, from a seed blown from no one knew where, a new flower had come up; and the little prince had watched very closely over this small sprout which was not like any other small sprouts on his planet. It might, you see, have been a new kind of baobab.

The shrub soon stopped growing, and began to get ready to produce a flower. The little prince, who was present at the first appearance of a huge bud, felt at once that some sort of miraculous apparition must emerge from it. But the flower was not satisfied to complete the preparations for her beauty in the shelter of her green chamber. She chose her colours with the greatest care. She adjusted her petals one by one. She did not wish to go out into the world all rumpled, like the field poppies. It was only in the full radiance of her beauty that she wished to appear. Oh, yes! She was a coquettish creature! And her mysterious adornment lasted for days and days.

Then one morning, exactly at sunrise, she suddenly showed herself.

And, after working with all this painstaking

precision, she yawned and said:

"Ah! I am scarcely awake. I beg that you will excuse me. My petals are still all disarranged..."

But the little prince could not restrain his admiration:

"Oh! How beautiful you are!"

"Am I not?" the flower responded, sweetly. "And I was born at the same moment as the sun..."

The little prince could guess easily enough that she was not any too modest— but how moving— and exciting— she was!

"I think it is time for breakfast," she added an instant later. "If you would have the kindness to think of my needs—."

And the little prince, completely abashed, went to look for a sprinkling-can of fresh water. So, he tended the flower.

So, too, she began very quickly to torment him with her vanity— which was, if the truth be known, a little difficult to deal with. One day, for instance, when she was speaking of her four thorns, she said to the little prince:

"Let the tigers come with their claws!"

"There are no tigers on my planet," the little prince objected. "And, anyway, tigers do not eat weeds."

"I am not a weed," the flower replied, sweetly.

"Please excuse me..."

"I am not at all afraid of tigers," she went on, "but I have a horror of drafts. I suppose you wouldn't have a screen for me?"

"A horror of drafts— that is bad luck, for a plant," remarked the little prince, and added to himself, "This flower is a very complex creature..."

"At night I want you to put me under a glass globe. It is very cold where you live. In the place I came from..."

But she interrupted herself at that point. She had come in the form of a seed. She could not have known anything of any other worlds. Embarrassed over having let herself be caught on the verge of such a naive untruth, she coughed two or three times, in order to put the little prince in the wrong.

"The screen?"

"I was just going to look for it when you spoke to me..."

Then she forced her cough a little more so that he should suffer from remorse just the same.

So the little prince, in spite of all the good will that was inseparable from his love, had soon come to doubt her. He had taken seriously words which were without importance, and it made him very unhappy.

"I ought not to have listened to her," he confided to me one day. "One never ought to listen to the flowers. One should simply look at them and breathe their fragrance. Mine perfumed all my planet. But I did not know how to take pleasure in all her grace. This tale of claws, which disturbed me so much, should only have filled my heart with tenderness and pity."

And he continued his confidences:

"The fact is that I did not know how to understand anything! I ought to have judged by deeds and not by words. She cast her fragrance and her radiance over me. I ought never to have run away from her... I ought to have guessed all the affection that lay behind her poor little stratagems. Flowers are so inconsistent! But I was too young to know how to love her..."

09

I believe that for his escape he took advantage of the migration of a flock of wild birds. On the morning of his departure he put his planet in perfect order. He carefully cleaned out his active volcanoes. He possessed two active volcanoes; and they were very convenient for heating his breakfast in the morning. He also had one volcano that was extinct. But, as he said, "One never knows!" So he cleaned out the extinct volcano, too. If they are well cleaned out, volcanoes burn slowly and steadily, without any eruptions. Volcanic eruptions are like fires in a chimney.

On our earth we are obviously much too small to clean out our volcanoes. That is why they bring no end of trouble upon us.

The little prince also pulled up, with a certain sense of dejection, the last little shoots of the baobabs. He believed that he would never want to return. But on this last morning all these familiar tasks seemed very precious to him. And when he watered the flower for the last time, and prepared to place her under the shelter of her glass globe, he realized that he was very close to tears.

"Goodbye," he said to the flower.

But she made no answer.

"Goodbye," he said again.

The flower coughed. But it was not because she had a cold.

"I have been silly," she said to him, at last. "I ask your forgiveness. Try to be happy..."

He was surprised by this absence of reproaches. He stood there all bewildered, the glass globe held arrested in mid-air. He did not understand this quiet sweetness.

"Of course I love you," the flower said to him. "It is my fault that you have not known it all the while. That is of no importance. But you— you have been just as foolish as I. Try to be happy... Let the glass globe be. I don't want it any more."

"But the wind—."

"My cold is not so bad as all that... the cool night air will do me good. I am a flower."

"But the animals—."

"Well, I must endure the presence of two or three caterpillars if I wish to become acquainted with the butterflies. It seems that they are very beautiful. And if not the butterflies— and the caterpillars— who will call upon me? You will be far away... As for the large animals— I am not at all afraid of any of them. I have my claws."

And, naively, she showed her four thorns. Then she added:

"Don't linger like this. You have decided to go away. Now go!"

For she did not want him to see her crying. She was such a proud flower...

10

He found himself in the neighborhood of the asteroids 325, 326, 327, 328, 329, and 330. He began, therefore, by visiting them, in order to add to his knowledge.

The first of them was inhabited by a king. Clad in royal purple and ermine, he was seated upon a throne which was at the same time both simple and majestic.

"Ah! Here is a subject," exclaimed the king, when he saw the little prince coming.

And the little prince asked himself:

"How could he recognize me when he had never seen me before?"

He did not know how the world is simplified for kings. To them, all men are subjects.

"Approach, so that I may see you better," said the king, who felt consumingly proud of being at last a king over somebody.

The little prince looked everywhere to find a place to sit down; but the entire planet was crammed and obstructed by the king's magnificent ermine robe. So he remained standing upright, and, since he was tired, he yawned.

"It is contrary to etiquette to yawn in the presence of a king," the monarch said to him. "I forbid you to do so."

"I can't help it. I can't stop myself," replied the little prince, thoroughly embarrassed. "I have come on a long journey, and I have had no sleep..."

"Ah, then," the king said. "I order you to yawn. It is years since I have seen anyone yawning. Yawns, to me, are objects of curiosity. Come, now! Yawn again! It is an order."

"That frightens me... I cannot, any more..." murmured the little prince, now completely abashed.

"Hum! Hum!" replied the king. "Then I— I order you sometimes to yawn and sometimes to—."

He sputtered a little, and seemed vexed.

For what the king fundamentally insisted upon was that his authority should be respected. He tolerated no disobedience. He was an absolute monarch. But, because he was a very good man, he made his orders reasonable.

"If I ordered a general," he would say, by way of example, "if I ordered a general to change himself into a sea bird, and if the general did not obey me, that would not be the fault of the general. It would be my fault."

"May I sit down?" came now a timid inquiry from the little prince.

"I order you to do so," the king answered him, and majestically gathered in a fold of his ermine mantle.

But the little prince was wondering... The planet was tiny. Over what could this king really rule?

"Sire," he said to him, "I beg that you will excuse my asking you a question—."

"I order you to ask me a question," the king hastened to assure him.

"Sire— over what do you rule?"

"Over everything," said the king, with magnificent simplicity.

"Over everything?"

The king made a gesture, which took in his planet, the other planets, and all the stars.

"Over all that?" asked the little prince.

"Over all that," the king answered.

For his rule was not only absolute: it was also universal.

"And the stars obey you?"

"Certainly they do," the king said. "They obey instantly. I do not permit insubordination."

Such power was a thing for the little prince to marvel at. If he had been master of such complete authority, he would have been able to watch the sunset, not forty-four times in one day, but seventy-two, or even a hundred, or even two hundred times, without ever having to move his chair. And because he felt a bit sad as he remembered his little planet which he had forsaken, he plucked up his courage to ask the king a favor:

"I should like to see a sunset... Do me that kindness... Order the sun to set..."

"If I ordered a general to fly from one flower to another like a butterfly, or to write a tragic drama, or to change himself into a sea bird, and if the general did not carry out the order that he had received, which one of us would be in the wrong?" the king demanded. "The general, or myself?"

"You," said the little prince firmly.

"Exactly. One much require from each one the duty which each one can perform," the king went on. "Accepted authority rests first of all on reason. If you ordered your people to go and throw themselves into the sea, they would rise up in revolution. I have the right to require obedience because my orders are reasonable."

"Then my sunset?" the little prince reminded him: for he never forgot a question once he had asked it.

"You shall have your sunset. I shall command it. But, according to my science of government, I shall wait until conditions are favorable."

"When will that be?" inquired the little prince.

"Hum! Hum!" replied the king; and before saying anything else he consulted a bulky almanac. "Hum! Hum! That will be about— about— that will be this evening about forty minutes to seven. And you will see how well I am obeyed."

The little prince yawned. He was regretting his lost sunset. And then, too, he was already beginning to be a little bored.

"I have nothing more to do here," he said to the king. "So I shall set out on my way again."

"Do not go," said the king, who was very proud of having a subject. "Do not go. I will make you a Minister!"

"Minister of what?"

"Minster of— of Justice!"

"But there is nobody here to judge!"

"We do not know that," the king said to him. "I have not yet made a complete tour of my kingdom. I am very old. There is no room here for a carriage.

And it tires me to walk."

"Oh, but I have looked already!" said the little prince, turning around to give one more glance to the other side of the planet. On that side, as on this, there was nobody at all...

"Then you shall judge yourself," the king answered. "That is the most difficult thing of all. It is much more difficult to judge oneself than to judge others. If you succeed in judging yourself rightly, then you are indeed a man of true wisdom."

"Yes," said the little prince, "but I can judge myself anywhere. I do not need to live on this planet."

"Hum! Hum!" said the king. "I have good reason to believe that somewhere on my planet there is an old rat. I hear him at night. You can judge this old rat. From time to time you will condemn him to death. Thus his life will depend on your justice. But you will pardon him on each occasion; for he must be treated thriftily. He is the only one we have."

"I," replied the little prince, "do not like to condemn anyone to death. And now I think I will go on my way."

"No," said the king.

But the little prince, having now completed his preparations for departure, had no wish to grieve the old monarch.

"If Your Majesty wishes to be promptly obeyed," he said, "he should be able to give me a reasonable order. He should be able, for example, to order me to be gone by the end of one minute. It seems to me that conditions are favorable..."

As the king made no answer, the little prince hesitated a moment. Then, with a sigh, he took his leave.

"I made you my Ambassador," the king called out, hastily.

He had a magnificent air of authority.

"The grown-ups are very strange," the little prince said to himself, as he continued on his journey.

11

The second planet was inhabited by a conceited man.

"Ah! Ah! I am about to receive a visit from an

admirer!" he exclaimed from afar, when he first saw the little prince coming.

For, to conceited men, all other men are admirers.

"Good morning," said the little prince. "That is a queer hat you are wearing."

"It is a hat for salutes," the conceited man replied. "It is to raise in salute when people acclaim me. Unfortunately, nobody at all ever passes this way."

"Yes?" said the little prince, who did not understand what the conceited man was talking about.

"Clap your hands, one against the other," the conceited man now directed him.

The little prince clapped his hands. The conceited man raised his hat in a modest salute.

"This is more entertaining than the visit to the king," the little prince said to himself. And he began again to clap his hands, one against the other. The conceited man again raised his hat in salute.

After five minutes of this exercise the little prince grew tired of the game's monotony.

"And what should one do to make the hat come down?" he asked.

But the conceited man did not hear him. Conceited people never hear anything but praise.

"Do you really admire me very much?" he demanded of the little prince.

"What does that mean— 'admire'?"

"To admire mean that you regard me as the handsomest, the best-dressed, the richest, and the most intelligent man on this planet."

"But you are the only man on your planet!"

"Do me this kindness. Admire me just the same."

"I admire you," said the little prince, shrugging his shoulders slightly, "but what is there in that to interest you so much?"

And the little prince went away.

"The grown-ups are certainly very odd," he said to himself, as he continued on his journey.

12

The next planet was inhabited by a tippler. This was a very short visit, but it plunged the little prince into deep dejection.

"What are you doing there?" he said to the tippler, whom he found settled down in silence before a collection of empty bottles and also a collection of full bottles.

"I am drinking," replied the tippler, with a lugubrious air.

"Why are you drinking?" demanded the little prince.

"So that I may forget," replied the tippler.

"Forget what?" inquired the little prince, who already was sorry for him.

"Forget that I am ashamed," the tippler confessed, hanging his head.

"Ashamed of what?" insisted the little prince, who wanted to help him.

"Ashamed of drinking!" The tippler brought his speech to an end, and shut himself up in an impregnable silence.

And the little prince went away, puzzled.

"The grown-ups are certainly very, very odd," he said to himself, as he continued on his journey.

13

The fourth planet belonged to a businessman. This man was so much occupied that he did not even raise his head at the little prince's arrival.

"Good morning," the little prince said to him. "Your cigarette has gone out."

"Three and two make five. Five and seven make twelve. Twelve and three make fifteen. Good morning. Fifteen and seven make twenty-two. Twenty-two and six make twenty-eight. I haven't time to light it again. Twenty-six and five make thirty-one. Phew! Then that makes five-hundred-and-one million, six-hundred-twenty-two-thousand, seven-hundred-thirty-one."

Five hundred million what?" asked the little prince.

"Eh? Are you still there? Five-hundred-and-one million— I can't stop... I have so much to do! I am concerned with matters of consequence. I don't amuse myself with balderdash. Two and five make seven..."

"Five-hundred-and-one million what?" repeated the

little prince, who never in his life had let go of a question once he had asked it.

The businessman raised his head.

"During the fifty-four years that I have inhabited this planet, I have been disturbed only three times. The first time was twenty-two years ago, when some giddy goose fell from goodness knows where. He made the most frightful noise that resounded all over the place, and I made four mistakes in my addition. The second time, eleven years ago, I was disturbed by an attack of rheumatism. I don't get enough exercise. I have no time for loafing. The third time— well, this is it! I was saying, then, five-hundred-and-one millions—."

"Millions of what?"

The businessman suddenly realized that there was no hope of being left in peace until he answered this question.

"Millions of those little objects," he said, "which one sometimes sees in the sky."

"Flies?"

"Oh, no. Little glittering objects."

"Bees?"

"Oh, no. Little golden objects that set lazy men to idle dreaming. As for me, I am concerned with matters of consequence. There is no time for idle dreaming in my life."

"Ah! You mean the stars?"

"Yes, that's it. The stars."

"And what do you do with five-hundred millions of stars?"

"Five-hundred-and-one million, six-hundred-twenty-two thousand, seven-hundred-thirty-one. I am concerned with matters of consequence: I am accurate."

"And what do you do with these stars?"

"What do I do with them?"

"Yes."

"Nothing. I own them."

"You own the stars?"

"Yes."

"But I have already seen a king who—."

"Kings do not own, they reign over. It is a very different matter."

"And what good does it do you to own the stars?"

"It does me the good of making me rich."

"And what good does it do you to be rich?"

"It makes it possible for me to buy more stars, if any are ever discovered."

"This man," the little prince said to himself, "reasons a little like my poor tippler..."

Nevertheless, he still had some more questions.

"How is it possible for one to own the stars?"

"To whom do they belong?" the businessman retorted, peevishly.

"I don't know. To nobody."

"Then they belong to me, because I was the first person to think of it."

"Is that all that is necessary?"

"Certainly. When you find a diamond that belongs to nobody, it is yours. When you discover an island that belongs to nobody, it is yours. When you get an idea before any one else, you take out a patent on it: it is yours. So with me: I own the stars, because nobody else before me ever thought of owning them."

"Yes, that is true," said the little prince. "And what do you do with them?"

"I administer them," replied the businessman. "I

count them and recount them. It is difficult. But I am a man who is naturally interested in matters of consequence."

The little prince was still not satisfied.

"If I owned a silk scarf," he said, "I could put it around my neck and take it away with me. If I owned a flower, I could pluck that flower and take it away with me. But you cannot pluck the stars from heaven..."

"No. But I can put them in the bank."

"Whatever does that mean?"

"That means that I write the number of my stars on a little paper. And then I put this paper in a drawer and lock it with a key."

"And that is all?"

"That is enough," said the businessman.

"It is entertaining," thought the little prince. "It is rather poetic. But it is of no great consequence."

On matters of consequence, the little prince had ideas which were very different from those of the grown-ups.

"I myself own a flower," he continued his conversation with the businessman, "which I water every day. I own three volcanoes, which I clean out every week (for I also clean out the one that is extinct; one never knows). It is of some use to my volcanoes, and it is of some use to my flower, that I own them. But you are of no use to the stars..."

The businessman opened his mouth, but he found nothing to say in answer. And the little prince went away.

" The grown-ups are certainly altogether extraordinary," he said simply, talking to himself as he continued on his journey.

14

The fifth planet was very strange. It was the smallest of all. There was just enough room on it for a street lamp and a lamplighter. The little prince was not able to reach any explanation of the use of a street lamp and a lamplighter, somewhere in the heavens, on a planet which had no people, and not one house. But he said to himself, nevertheless:

"It may well be that this man is absurd. But he is

not so absurd as the king, the conceited man, the businessman, and the tippler. For at least his work has some meaning. When he lights his street lamp, it is as if he brought one more star to life, or one flower. When he puts out his lamp, he sends the flower, or the star, to sleep. That is a beautiful occupation. And since it is beautiful, it is truly useful."

When he arrived on the planet he respectfully saluted the lamplighter.

"Good morning. Why have you just put out your lamp?"

"Those are the orders," replied the lamplighter. "Good morning."

"What are the orders?"

"The orders are that I put out my lamp. Good evening."

And he lighted his lamp again.

"But why have you just lighted it again?"

"Those are the orders," replied the lamplighter.

"I do not understand," said the little prince.

"There is nothing to understand," said the lamplighter. "Orders are orders. Good morning."

And he put out his lamp.

Then he mopped his forehead with a handkerchief decorated with red squares.

"I follow a terrible profession. In the old days it was reasonable. I put the lamp out in the morning, and in the evening I lighted it again. I had the rest of the day for relaxation and the rest of the night for sleep."

"And the orders have been changed since that time?"

"The orders have not been changed," said the lamplighter. "That is the tragedy! From year to year the planet has turned more rapidly and the orders have not been changed!"

"Then what?" asked the little prince.

"Then— the planet now makes a complete turn every minute, and I no longer have a single second for repose. Once every minute I have to light my lamp and put it out!"

"That is very funny! A day lasts only one minute, here where you live!"

"It is not funny at all!" said the lamplighter. "While we have been talking together a month has gone by."

"A month?"

"Yes, a month. Thirty minutes. Thirty days. Good evening."

And he lighted his lamp again.

As the little prince watched him, he felt that he loved this lamplighter who was so faithful to his orders. He remembered the sunsets which he himself had gone to seek, in other days, merely by pulling up his chair; and he wanted to help his friend.

"You know," he said, "I can tell you a way you can rest whenever you want to..."

"I always want to rest," said the lamplighter.

For it is possible for a man to be faithful and lazy at the same time.

The little prince went on with his explanation:

"Your planet is so small that three strides will take you all the way around it. To be always in the sunshine, you need only walk along rather slowly. When you want to rest, you will walk— and the day will last as long as you like."

"That doesn't do me much good," said the lamplighter. "The one thing I love in life is to sleep."

"Then you're unlucky," said the little prince.

"I am unlucky," said the lamplighter. "Good

morning."

And he put out his lamp.

"That man," said the little prince to himself, as he continued farther on his journey, "that man would be scorned by all the others: by the king, by the conceited man, by the tippler, by the businessman. Nevertheless he is the only one of them all who does not seem to me ridiculous. Perhaps that is because he is thinking of something else besides himself."

He breathed a sigh of regret, and said to himself, again:

"That man is the only one of them all whom I could have made my friend. But his planet is indeed too small. There is no room on it for two people..."

What the little prince did not dare confess was that he was sorry most of all to leave this planet, because it was blessed every day with 1440 sunsets!

15

The sixth planet was ten times larger than the last one. It was inhabited by an old gentleman who wrote voluminous books.

"Oh, look! Here is an explorer!" he exclaimed to himself when he saw the little prince coming.

The little prince sat down on the table and panted a little. He had already traveled so much and so far!

"Where do you come from?" the old gentleman said to him.

"What is that big book?" said the little prince. "What are you doing?"

"I am a geographer," the old gentleman said to him.

"What is a geographer?" asked the little prince.

"A geographer is a scholar who knows the location of all the seas, rivers, towns, mountains, and deserts."

"That is very interesting," said the little prince. "Here at last is a man who has a real profession!" And he cast a look around him at the planet of the geographer. It was the most magnificent and stately planet that he had ever seen.

"Your planet is very beautiful," he said. "Has it any oceans?"

"I couldn't tell you," said the geographer.

"Ah!" The little prince was disappointed. "Has it any mountains?"

"I couldn't tell you," said the geographer.

"And towns, and rivers, and deserts?"

"I couldn't tell you that, either."

"But you are a geographer!"

"Exactly," the geographer said. "But I am not an explorer. I haven't a single explorer on my planet. It is not the geographer who goes out to count the towns, the rivers, the mountains, the seas, the oceans, and the deserts. The geographer is much too important to go loafing about. He does not leave his desk. But he receives the explorers in his study. He asks them questions, and he notes down what they recall of their travels. And if the recollections of any one among them seem interesting to him, the geographer orders an inquiry into that explorer's moral character."

"Why is that?"

"Because an explorer who told lies would bring disaster on the books of the geographer. So would an explorer who drank too much."

"Why is that?" asked the little prince.

"Because intoxicated men see double. Then the geographer would note down two mountains in a place where there was only one."

"I know some one," said the little prince, "who would make a bad explorer."

"That is possible. Then, when the moral character of the explorer is shown to be good, an inquiry is ordered into his discovery."

"One goes to see it?"

"No. That would be too complicated. But one requires the explorer to furnish proofs. For example, if the discovery in question is that of a large mountain, one requires that large stones be brought back from it."

The geographer was suddenly stirred to excitement.

"But you— you come from far away! You are an explorer! You shall describe your planet to me!"

And, having opened his big register, the geographer sharpened his pencil. The recitals of explorers are put down first in pencil. One waits until the explorer has furnished proofs, before putting them down in ink.

"Well?" said the geographer expectantly.

"Oh, where I live," said the little prince, "it is not very interesting. It is all so small. I have three volcanoes. Two volcanoes are active and the other is extinct. But one never knows."

"One never knows," said the geographer.

"I have also a flower."

"We do not record flowers," said the geographer.

"Why is that? The flower is the most beautiful thing on my planet!"

"We do not record them," said the geographer, "because they are ephemeral."

"What does that mean— 'ephemeral'?"

"Geographies," said the geographer, "are the books which, of all books, are most concerned with matters of consequence. They never become old-fashioned. It is very rarely that a mountain changes its position. It is very rarely that an ocean empties itself of its waters. We write of eternal things."

"But extinct volcanoes may come to life again," the little prince interrupted. "What does that mean— 'ephemeral'?"

"Whether volcanoes are extinct or alive, it comes to the same thing for us," said the geographer. "The thing that matters to us is the mountain. It does not change."

"But what does that mean— 'ephemeral'?" repeated

the little prince, who never in his life had let go of a question, once he had asked it.

"It means, 'which is in danger of speedy disappearance.'"

"Is my flower in danger of speedy disappearance?"

"Certainly it is."

"My flower is ephemeral," the little prince said to himself, "and she has only four thorns to defend herself against the world. And I have left her on my planet, all alone!"

That was his first moment of regret. But he took courage once more.

"What place would you advise me to visit now?" he asked.

"The planet Earth," replied the geographer. "It has a good reputation."

And the little prince went away, thinking of his flower.

16

So then the seventh planet was the Earth.

The Earth is not just an ordinary planet! One can count, there 111 kings (not forgetting, to be sure, the Negro kings among them), 7,000 geographers, 900,000 businessmen, 7,500,000 tipplers, 311,000,000 conceited men— that is to say, about 2,000,000,000 grown-ups.

To give you an idea of the size of the Earth, I will tell you that before the invention of electricity it was necessary to maintain, over the whole of the six continents, a veritable army of 462,511 lamplighters for the street lamps.

Seen from a slight distance, that would make a splendid spectacle. The movements of this army would be regulated like those of the ballet in the opera. First would come the turn of the lamplighters of New Zealand and Australia. Having set their lamps alight, these would go off to sleep. Next, the lamplighters of China and Siberia would enter for their steps in the dance, and then they too would be waved back into the wings. After that would come the turn of the lamplighters of Russia and the Indies; then those of Africa and Europe, then those of South America; then those of North America. And never would they make a mistake in the order of their entry upon the stage. It would be magnificent.

Only the man who was in charge of the single lamp at the North Pole, and his colleague who was responsible for the single lamp at the South Pole— only these two would live free from toil and care: they would be busy twice a year.

17

When one wishes to play the wit, he sometimes wanders a little from the truth. I have not been altogether honest in what I have told you about the lamplighters. And I realize that I run the risk of giving a false idea of our planet to those who do not know it. Men occupy a very small place upon the Earth. If the two billion inhabitants who people its surface were all to stand upright and somewhat crowded together, as they do for some big public assembly, they could easily be put into one public square twenty miles long and twenty miles wide. All humanity could be piled up on a small Pacific islet.

The grown-ups, to be sure, will not believe you when you tell them that. They imagine that they fill a great deal of space. They fancy themselves as important as the baobabs. You should advise them, then, to make their own calculations. They adore figures, and that will please them. But do not waste your time on this extra task. It is unnecessary. You have, I know, confidence in me.

When the little prince arrived on the Earth, he was very much surprised not to see any people. He was beginning to be afraid he had come to the wrong planet, when a coil of gold, the color of the moonlight, flashed across the sand.

"Good evening," said the little prince courteously.

"Good evening," said the snake.

"What planet is this on which I have come down?" asked the little prince.

"This is the Earth; this is Africa," the snake answered.

"Ah! Then there are no people on the Earth?"

"This is the desert. There are no people in the desert. The Earth is large," said the snake.

The little prince sat down on a stone, and raised his eyes toward the sky.

"I wonder," he said, "whether the stars are set alight in heaven so that one day each one of us may find his own again... Look at my planet. It is right there above us. But how far away it is!"

"It is beautiful," the snake said. "What has brought you here?"

"I have been having some trouble with a flower," said the little prince.

"Ah!" said the snake.

And they were both silent.

"Where are the men?" the little prince at last took up the conversation again. "It is a little lonely in the desert..."

"It is also lonely among men," the snake said.

The little prince gazed at him for a long time.

"You are a funny animal," he said at last. "You are no thicker than a finger..."

"But I am more powerful than the finger of a king,"

said the snake.

The little prince smiled.

"You are not very powerful. You haven't even any feet. You cannot even travel..."

"I can carry you farther than any ship could take you," said the snake.

He twined himself around the little prince's ankle, like a golden bracelet.

"Whomever I touch, I send back to the earth from whence he came," the snake spoke again. "But you are innocent and true, and you come from a star..."

The little prince made no reply.

"You move me to pity— you are so weak on this Earth made of granite," the snake said. "I can help you, some day, if you grow too homesick for your own planet. I can—."

"Oh! I understand you very well," said the little prince. "But why do you always speak in riddles?"

"I solve them all," said the snake.

And they were both silent.

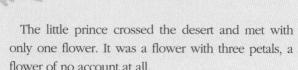

18

The little prince crossed the desert and met with only one flower. It was a flower with three petals, a flower of no account at all.

"Good morning," said the little prince.

"Good morning," said the flower.

"Where are the men?" the little prince asked, politely.

The flower had once seen a caravan passing.

"Men?" she echoed. "I think there are six or seven of them in existence. I saw them, several years ago. But one never knows where to find them. The wind blows them away. They have no roots, and that makes their life very difficult."

"Goodbye," said the little prince.

"Goodbye," said the flower.

19

After that, the little prince climbed a high mountain. The only mountains he had ever known were the three volcanoes, which came up to his knees. And he used the extinct volcano as a footstool. "From a mountain as high as this one," he said to himself, "I shall be able to see the whole planet at one glance, and all the people..."

But he saw nothing, save peaks of rock that were sharpened like needles.

"Good morning," he said courteously.

"Good morning— Good morning— Good morning," answered the echo.

"Who are you?" said the little prince.

"Who are you— Who are you— Who are you?" answered the echo.

"Be my friends. I am all alone," he said.

"I am all alone— all alone— all alone," answered the echo.

"What a queer planet!" he thought. "It is altogether dry, and altogether pointed, and altogether harsh and forbidding. And the people have no imagination. They repeat whatever one says to them... On my planet I had a flower; she always was the first to speak..."

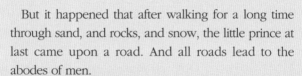

20

But it happened that after walking for a long time through sand, and rocks, and snow, the little prince at last came upon a road. And all roads lead to the abodes of men.

"Good morning," he said.

He was standing before a garden, all a-bloom with roses.

"Good morning," said the roses.

The little prince gazed at them. They all looked like his flower.

"Who are you?" he demanded, thunderstruck.

"We are roses," the roses said.

And he was overcome with sadness. His flower had told him that she was the only one of her kind in all the universe. And here were five thousand of them, all alike, in one single garden!

"She would be very much annoyed," he said to himself, "if she should see that... she would cough most dreadfully, and she would pretend that she was dying, to avoid being laughed at. And I should be obliged to pretend that I was nursing her back to life— for if I did not do that, to humble myself also, she would really allow herself to die..."

Then he went on with his reflections: "I thought that I was rich, with a flower that was unique in all the world; and all I had was a common rose. A common rose, and three volcanoes that come up to my knees— and one of them perhaps extinct forever... that doesn't make me a very great prince..."

And he lay down in the grass and cried.

21

It was then that the fox appeared.

"Good morning," said the fox.

"Good morning," the little prince responded politely, although when he turned around he saw nothing.

"I am right here," the voice said, "under the apple tree."

"Who are you?" asked the little prince, and added, "You are very pretty to look at."

"I am a fox," said the fox.

"Come and play with me," proposed the little prince. "I am so unhappy."

"I cannot play with you," the fox said. "I am not tamed."

"Ah! Please excuse me," said the little prince.

But, after some thought, he added:

"What does that mean— 'tame'?"

"You do not live here," said the fox. "What is it that you are looking for?"

"I am looking for men," said the little prince. "What does that mean— 'tame'?"

"Men," said the fox. "They have guns, and they hunt. It is very disturbing. They also raise chickens. These are their only interests. Are you looking for chickens?"

"No," said the little prince. "I am looking for friends. What does that mean— 'tame'?"

"It is an act too often neglected," said the fox. It means to establish ties."

" 'To establish ties'?"

"Just that," said the fox. "To me, you are still nothing more than a little boy who is just like a hundred thousand other little boys. And I have no need of you. And you, on your part, have no need of me. To you, I am nothing more than a fox like a hundred thousand other foxes. But if you tame me, then we shall need each other. To me, you will be unique in all the world. To you, I shall be unique in all the world..."

"I am beginning to understand," said the little prince. "There is a flower... I think that she has tamed me..."

"It is possible," said the fox. "On the Earth one sees all sorts of things."

"Oh, but this is not on the Earth!" said the little prince.

The fox seemed perplexed, and very curious.

"On another planet?"

"Yes."

"Are there hunters on this planet?"

"No."

"Ah, that is interesting! Are there chickens?"

"No."

"Nothing is perfect," sighed the fox.

But he came back to his idea.

"My life is very monotonous," the fox said. "I hunt chickens; men hunt me. All the chickens are just alike, and all the men are just alike. And, in consequence, I am a little bored. But if you tame me, it will be as if the sun came to shine on my life. I shall know the sound of a step that will be different from all the others. Other steps send me hurrying back underneath the ground. Yours will call me, like music, out of my burrow. And then look: you see the grain-fields down yonder? I do not eat bread. Wheat is of no use to me. The wheat fields have nothing to say to me. And that is sad. But you have hair that is the colour of gold. Think how wonderful that will be when you have tamed me! The grain, which is also golden, will bring me back the thought of you. And I shall love to listen to the wind in the wheat..."

The fox gazed at the little prince, for a long time.

"Please— tame me!" he said.

"I want to, very much," the little prince replied. "But I have not much time. I have friends to discover, and a great many things to understand."

"One only understands the things that one tames," said the fox. "Men have no more time to understand anything. They buy things all ready made at the shops. But there is no shop anywhere where one can buy friendship, and so men have no friends any more. If you want a friend, tame me..."

"What must I do, to tame you?" asked the little prince.

"You must be very patient," replied the fox. "First you will sit down at a little distance from me— like that— in the grass. I shall look at you out of the corner of my eye, and you will say nothing. Words are the source of misunderstandings. But you will sit a little closer to me, every day..."

The next day the little prince came back.

"It would have been better to come back at the same hour," said the fox. "If, for example, you come at four o'clock in the afternoon, then at three o'clock I shall begin to be happy. I shall feel happier and happier as the hour advances. At four o'clock, I shall already be worrying and jumping about. I shall show you how happy I am! But if you come at just any time, I shall never know at what hour my heart is to be ready to greet you... One must observe the proper rites..."

"What is a rite?" asked the little prince.

"Those also are actions too often neglected," said the fox. "They are what make one day different from other days, one hour from other hours. There is a rite, for example, among my hunters. Every Thursday they dance with the village girls. So Thursday is a wonderful day for me! I can take a walk as far as the vineyards. But if the hunters danced at just any time, every day would be like every other day, and I should never have any vacation at all."

So the little prince tamed the fox. And when the hour of his departure drew near—.

"Ah," said the fox, "I shall cry."

"It is your own fault," said the little prince. "I never wished you any sort of harm; but you wanted me to tame you..."

"Yes, that is so," said the fox.

"But now you are going to cry!" said the little prince.

"Yes, that is so," said the fox.

"Then it has done you no good at all!"

"It has done me good," said the fox, "because of the color of the wheat fields." And then he added:

"Go and look again at the roses. You will understand now that yours is unique in all the world. Then come back to say goodbye to me, and I will make you a present of a secret."

The little prince went away, to look again at the roses.

"You are not at all like my rose," he said. "As yet you are nothing. No one has tamed you, and you have tamed no one. You are like my fox when I first knew him. He was only a fox like a hundred thousand other foxes. But I have made him my friend, and now he is unique in all the world."

And the roses were very much embarrassed.

"You are beautiful, but you are empty," he went on. "One could not die for you. To be sure, an ordinary passerby would think that my rose looked just like you— the rose that belongs to me. But in herself alone she is more important than all the hundreds of you other roses: because it is she that I have watered; because it is she that I have put under the glass globe; because it is she that I have sheltered behind the screen; because it is for her that I have killed the caterpillars (except the two or three that we saved to become butterflies); because it is she that I have listened to, when she grumbled, or boasted, or even sometimes when she said nothing. Because she is my rose.

And he went back to meet the fox.

"Goodbye," he said.

"Goodbye," said the fox. "And now here is my secret, a very simple secret: It is only with the heart that one can see rightly; what is essential is invisible to the eye."

"What is essential is invisible to the eye," the little prince repeated, so that he would be sure to remember.

"It is the time you have wasted for your rose that makes your rose so important."

"It is the time I have wasted for my rose—" said the little prince, so that he would be sure to remember.

"Men have forgotten this truth," said the fox. "But you must not forget it. You become responsible, forever, for what you have tamed. You are responsible for your rose..."

"I am responsible for my rose," the little prince repeated, so that he would be sure to remember.

22

"Good morning," said the little prince.

"Good morning," said the railway switchman.

"What do you do here?" the little prince asked.

"I sort out travelers, in bundles of a thousand," said the switchman. "I send off the trains that carry them; now to the right, now to the left."

And a brilliantly lighted express train shook the switchman's cabin as it rushed by with a roar like thunder.

"They are in a great hurry," said the little prince. "What are they looking for?"

"Not even the locomotive engineer knows that," said the switchman.

And a second brilliantly lighted express thundered by, in the opposite direction.

"Are they coming back already?" demanded the little prince.

"These are not the same ones," said the switchman. "It is an exchange."

"Were they not satisfied where they were?" asked

the little prince.

"No one is ever satisfied where he is," said the switchman.

And they heard the roaring thunder of a third brilliantly lighted express.

"Are they pursuing the first travelers?" demanded the little prince.

"They are pursuing nothing at all," said the switchman. "They are asleep in there, or if they are not asleep they are yawning. Only the children are flattening their noses against the windowpanes."

"Only the children know what they are looking for," said the little prince. "They waste their time over a rag doll and it becomes very important to them; and if anybody takes it away from them, they cry..."

"They are lucky," the switchman said.

23

"Good morning," said the little prince.

"Good morning," said the merchant.

This was a merchant who sold pills that had been

invented to quench thirst. You need only swallow one pill a week, and you would feel no need of anything to drink.

"Why are you selling those?" asked the little prince.

"Because they save a tremendous amount of time," said the merchant. "Computations have been made by experts. With these pills, you save fifty-three minutes in every week."

"And what do I do with those fifty-three minutes?"

"Anything you like..."

"As for me," said the little prince to himself, "if I had fifty-three minutes to spend as I liked, I should walk at my leisure toward a spring of fresh water."

24

It was now the eighth day since I had had my accident in the desert, and I had listened to the story of the merchant as I was drinking the last drop of my water supply.

"Ah," I said to the little prince, "these memories of yours are very charming; but I have not yet succeeded in repairing my plane; I have nothing more to drink; and I, too, should be very happy if I could walk at my leisure toward a spring of fresh water!"

"My friend the fox—" the little prince said to me.

"My dear little man, this is no longer a matter that has anything to do with the fox!"

"Why not?"

"Because I am about to die of thirst..."

He did not follow my reasoning, and he answered me:

"It is a good thing to have had a friend, even if one is about to die. I, for instance, am very glad to have had a fox as a friend..."

"He has no way of guessing the danger," I said to myself. "He has never been either hungry or thirsty. A little sunshine is all he needs..."

But he looked at me steadily, and replied to my thought:

"I am thirsty, too. Let us look for a well..."

I made a gesture of weariness. It is absurd to look for a well, at random, in the immensity of the desert. But nevertheless we started walking.

When we had trudged along for several hours, in silence, the darkness fell, and the stars began to come out. Thirst had made me a little feverish, and I looked at them as if I were in a dream. The little prince's last words came reeling back into my memory:

"Then you are thirsty, too?" I demanded.

But he did not reply to my question. He merely said to me:

"Water may also be good for the heart..."

I did not understand this answer, but I said nothing. I knew very well that it was impossible to cross-examine him.

He was tired. He sat down. I sat down beside him. And, after a little silence, he spoke again:

"The stars are beautiful, because of a flower that cannot be seen."

I replied, "Yes, that is so." And, without saying anything more, I looked across the ridges of sand that were stretched out before us in the moonlight.

"The desert is beautiful," the little prince added.

And that was true. I have always loved the desert. One sits down on a desert sand dune, sees nothing, hears nothing. Yet through the silence something throbs, and gleams.

"What makes the desert beautiful," said the little prince, "is that somewhere it hides a well..."

I was astonished by a sudden understanding of that mysterious radiation of the sands. When I was a little boy I lived in an old house, and legend told us that a treasure was buried there. To be sure, no one had ever known how to find it; perhaps no one had ever even looked for it. But it cast an enchantment over that house. My home was hiding a secret in the depths of its heart...

"Yes," I said to the little prince. "The house, the stars, the desert— what gives them their beauty is something that is invisible!"

"I am glad," he said, "that you agree with my fox."

As the little prince dropped off to sleep, I took him in my arms and set out walking once more. I felt deeply moved, and stirred. It seemed to me that I was carrying a very fragile treasure. It seemed to me, even, that there was nothing more fragile on all Earth. In the moonlight I looked at his pale forehead, his closed eyes, his locks of hair that trembled in the wind, and I said to myself: "What I see here is nothing but a shell. What is most important is invisible..."

As his lips opened slightly with the suspicion of a half-smile, I said to myself, again: "What moves me so deeply, about this little prince who is sleeping here, is his loyalty to a flower— the image of a rose that shines through his whole being like the flame of a lamp, even when he is asleep..." And I felt him to be more fragile still. I felt the need of protecting him, as if he himself were a flame that might be extinguished by a little puff of wind...

And, as I walked on so, I found the well, at daybreak.

25

"Men," said the little prince, "set out on their way in express trains, but they do not know what they are looking for. Then they rush about, and get excited, and turn round and round..."

And he added:

"It is not worth the trouble..."

The well that we had come to was not like the wells of the Sahara. The wells of the Sahara are mere holes dug in the sand. This one was like a well in a village. But there was no village here, and I thought I must be dreaming...

"It is strange," I said to the little prince. "Everything is ready for use: the pulley, the bucket, the rope..."

He laughed, touched the rope, and set the pulley to working. And the pulley moaned, like an old weather vane which the wind has long since forgotten.

"Do you hear?" said the little prince. "We have wakened the well, and it is singing..."

I did not want him to tire himself with the rope.

"Leave it to me," I said. "It is too heavy for you."

I hoisted the bucket slowly to the edge of the well and set it there— happy, tired as I was, over my achievement. The song of the pulley was still in my ears, and I could see the sunlight shimmer in the still trembling water.

"I am thirsty for this water," said the little prince. "Give me some of it to drink..."

And I understood what he had been looking for.

I raised the bucket to his lips. He drank, his eyes

closed. It was as sweet as some special festival treat. This water was indeed a different thing from ordinary nourishment. Its sweetness was born of the walk under the stars, the song of the pulley, the effort of my arms. It was good for the heart, like a present. When I was a little boy, the lights of the Christmas tree, the music of the Midnight Mass, the tenderness of smiling faces, used to make up, so, the radiance of the gifts I received.

"The men where you live," said the little prince, "raise five thousand roses in the same garden— and they do not find in it what they are looking for."

"They do not find it," I replied.

"And yet what they are looking for could be found in one single rose, or in a little water."

"Yes, that is true," I said.

And the little prince added:

"But the eyes are blind. One must look with the heart..."

I had drunk the water. I breathed easily. At sunrise the sand is the color of honey. And that honey color was making me happy, too. What brought me, then, this sense of grief?

"You must keep your promise," said the little prince, softly, as he sat down beside me once more.

"What promise?"

"You know— a muzzle for my sheep... I am responsible for this flower..."

I took my rough drafts of drawings out of my pocket. The little prince looked them over, and laughed as he said:

"Your baobabs— they look a little like cabbages."

"Oh!"

I had been so proud of my baobabs!

"Your fox— his ears look a little like horns; and they are too long."

And he laughed again.

"You are not fair, little prince," I said. "I don't know how to draw anything except boa constrictors from the outside and boa constrictors from the inside."

"Oh, that will be all right," he said, "children understand."

So then I made a pencil sketch of a muzzle. And as I gave it to him my heart was torn.

"You have plans that I do not know about," I said.

But he did not answer me. He said to me, instead:

"You know— my descent to the earth... Tomorrow will be its anniversary."

Then, after a silence, he went on:

"I came down very near here."

And he flushed.

And once again, without understanding why, I had a queer sense of sorrow. One question, however, occurred to me:

"Then it was not by chance that on the morning when I first met you— a week ago— you were strolling along like that, all alone, a thousand miles from any inhabited region? You were on the your back to the place where you landed?"

The little prince flushed again.

And I added, with some hesitancy:

"Perhaps it was because of the anniversary?"

The little prince flushed once more. He never answered questions— but when one flushes does that not mean "Yes"?

"Ah," I said to him, "I am a little frightened?."

But he interrupted me.

"Now you must work. You must return to your

engine. I will be waiting for you here. Come back tomorrow evening..."

But I was not reassured. I remembered the fox. One runs the risk of weeping a little, if one lets himself be tamed...

26

Beside the well there was the ruin of an old stone wall. When I came back from my work, the next evening, I saw from some distance away my little prince sitting on top of a wall, with his feet dangling. And I heard him say:

"Then you don't remember. This is not the exact spot."

Another voice must have answered him, for he replied to it:

"Yes, yes! It is the right day, but this is not the place."

I continued my walk toward the wall. At no time did I see or hear anyone. The little prince, however, replied once again:

"—Exactly. You will see where my track begins, in the sand. You have nothing to do but wait for me there. I shall be there tonight."

I was only twenty meters from the wall, and I still saw nothing.

After a silence the little prince spoke again:

"You have good poison? You are sure that it will not make me suffer too long?"

I stopped in my tracks, my heart torn asunder; but still I did not understand.

"Now go away," said the little prince. "I want to get down from the wall."

I dropped my eyes, then, to the foot of the wall— and I leaped into the air. There before me, facing the little prince, was one of those yellow snakes that take just thirty seconds to bring your life to an end. Even as I was digging into my pocket to get out my revolver I made a running step back. But, at the noise I made, the snake let himself flow easily across the sand like the dying spray of a fountain, and, in no apparent hurry, disappeared, with a light metallic sound, among the stones.

I reached the wall just in time to catch my little man

in my arms; his face was white as snow.

"What does this mean?" I demanded. "Why are you talking with snakes?"

I had loosened the golden muffler that he always wore. I had moistened his temples, and had given him some water to drink. And now I did not dare ask him any more questions. He looked at me very gravely, and put his arms around my neck. I felt his heart beating like the heart of a dying bird, shot with someone's rifle...

"I am glad that you have found what was the matter with your engine," he said. "Now you can go back home—."

"How do you know about that?"

I was just coming to tell him that my work had been successful, beyond anything that I had dared to hope.

He made no answer to my question, but he added:

"I, too, am going back home today..."

Then, sadly—

"It is much farther... It is much more difficult..."

I realized clearly that something extraordinary was happening. I was holding him close in my arms as if he were a little child; and yet it seemed to me that he was rushing headlong toward an abyss from which I could do nothing to restrain him...

His look was very serious, like some one lost far away.

"I have your sheep. And I have the sheep's box. And I have the muzzle..."

And he gave me a sad smile.

I waited a long time. I could see that he was reviving little by little.

"Dear little man," I said to him, "you are afraid..."

He was afraid, there was no doubt about that. But he laughed lightly.

"I shall be much more afraid this evening..."

Once again I felt myself frozen by the sense of something irreparable. And I knew that I could not bear the thought of never hearing that laughter any more. For me, it was like a spring of fresh water in the desert.

"Little man," I said, "I want to hear you laugh again."

But he said to me:

"Tonight, it will be a year... my star, then, can be

found right above the place where I came to the Earth, a year ago..."

"Little man," I said, "tell me that it is only a bad dream— this affair of the snake, and the meeting-place, and the star..."

But he did not answer my plea. He said to me, instead: "The thing that is important is the thing that is not seen..."

"Yes, I know..."

"It is just as it is with the flower. If you love a flower that lives on a star, it is sweet to look at the sky at night. All the stars are a-bloom with flowers..."

"Yes, I know..."

"It is just as it is with the water. Because of the pulley, and the rope, what you gave me to drink was like music. You remember— how good it was."

"Yes, I know..."

"And at night you will look up at the stars. Where I live everything is so small that I cannot show you where my star is to be found. It is better, like that. My star will just be one of the stars, for you. And so you will love to watch all the stars in the heavens... they will all be your friends. And, besides, I am going to make you a present..."

He laughed again.

"Ah, little prince, dear little prince! I love to hear that laughter!"

"That is my present. Just that. It will be as it was when we drank the water..."

"What are you trying to say?"

"All men have the stars," he answered, "but they are not the same things for different people. For some, who are travelers, the stars are guides. For others they are no more than little lights in the sky. For others, who are scholars, they are problems. For my businessman they were wealth. But all these stars are silent. You— you alone— will have the stars as no one else has them—."

"What are you trying to say?"

"In one of the stars I shall be living. In one of them I shall be laughing. And so it will be as if all the stars were laughing, when you look at the sky at night... you— only you— will have stars that can laugh!"

And he laughed again.

"And when your sorrow is comforted (time soothes all sorrows) you will be content that you have known me. You will always be my friend. You will want to laugh with me. And you will sometimes open your window, so, for that pleasure... and your friends will be properly astonished to see you laughing as you look up at the sky! Then you will say to them, 'Yes, the stars always make me laugh!' And they will think you are crazy. It will be a very shabby trick that I shall have played on you..."

And he laughed again.

"It will be as if, in place of the stars, I had given you a great number of little bells that knew how to laugh..."

And he laughed again. Then he quickly became serious:

"Tonight— you know... Do not come," said the little prince.

"I shall not leave you," I said.

"I shall look as if I were suffering. I shall look a little as if I were dying. It is like that. Do not come to see that. It is not worth the trouble..."

"I shall not leave you."

But he was worried.

"I tell you— it is also because of the snake. He must

not bite you. Snakes— they are malicious creatures. This one might bite you just for fun..."

"I shall not leave you."

But a thought came to reassure him:

"It is true that they have no more poison for a second bite."

That night I did not see him set out on his way. He got away from me without making a sound. When I succeeded in catching up with him he was walking along with a quick and resolute step. He said to me merely:

"Ah! You are there..."

And he took me by the hand. But he was still worrying.

"It was wrong of you to come. You will suffer. I shall look as if I were dead; and that will not be true..."

I said nothing.

"You understand... it is too far. I cannot carry this body with me. It is too heavy."

I said nothing.

"But it will be like an old abandoned shell. There is nothing sad about old shells..."

I said nothing.

He was a little discouraged. But he made one more effort:

"You know, it will be very nice. I, too, shall look at the stars. All the stars will be wells with a rusty pulley. All the stars will pour out fresh water for me to drink..."

I said nothing.

"That will be so amusing! You will have five hundred million little bells, and I shall have five hundred million springs of fresh water..."

And he too said nothing more, because he was crying...

"Here it is. Let me go on by myself."

And he sat down, because he was afraid. Then he said, again:

"You know— my flower... I am responsible for her. And she is so weak! She is so naive! She has four thorns, of no use at all, to protect herself against all the world..."

I too sat down, because I was not able to stand up any longer.

"There now— that is all..."

He still hesitated a little; then he got up. He took one step. I could not move.

There was nothing but a flash of yellow (a yellow snake) close to his ankle. He remained motionless for an instant. He did not cry out. He fell as gently as a tree falls. There was not even any sound, because of the sand.

27

And now six years have already gone by...

I have never yet told this story. The companions who met me on my return were well content to see me alive. I was sad, but I told them: "I am tired."

Now my sorrow is comforted a little. That is to say— not entirely. But I know that he did go back to his planet, because I did not find his body at daybreak. It was not such a heavy body... and at night I love to listen to the stars. It is like five hundred million little bells...

But there is one extraordinary thing... when I drew the muzzle for the little prince, I forgot to add the leather strap to it. He will never have been able to fasten it on his sheep. So now I keep wondering: what is happening on his planet? Perhaps the sheep has eaten the flower...

At one time I say to myself: "Surely not! The little prince shuts his flower under her glass globe every night, and he watches over his sheep very carefully..." Then I am happy. And there is sweetness in the laughter of all the stars.

But at another time I say to myself: "At some moment or other one is absent-minded, and that is enough! On some one evening he forgot the glass globe, or the sheep got out, without making any noise, in the night..." And then the little bells are changed to tears...

Here, then, is a great mystery. For you who also love the little prince, and for me, nothing in the universe can be the same if somewhere, we do not know where, a sheep that we never saw has— yes or no?— eaten a rose...

Look up at the sky. Ask yourselves: is it yes or no? Has the sheep eaten the flower? And you will see how everything changes...

And no grown-up will ever understand that this is a matter of so much importance!

This is, to me, the loveliest and saddest landscape in the world. It is the same as that on the preceding page, but I have drawn it again to impress it on your memory. It is here that the little prince appeared on Earth, and disappeared.

Look at it carefully so that you will be sure to recognize it in case you travel some day to the African desert. And, if you should come upon this spot, please do not hurry on. Wait for a time, exactly under the star. Then, if a little man appears who laughs, who has golden hair and who refuses to answer questions, you will know who he is. If this should happen, please comfort me. Send me word that he has come back.

작품 해설

1. 작가의 생애

프랑스의 소설가이자 비행기 조종사인 앙투안 드 생텍쥐페리(Antoine De Saint Exupery, 1900~1944)는 1900년 6월 29일 리옹에서 명문 귀족 장 드 생텍쥐페리 백작과 마리 드 퐁콜롬브의 3남 2녀 중 셋째로 태어나 행복한 어린 시절을 보낸다. 그러나 4세 때 갑작스런 아버지의 죽음으로 어머니의 보살핌을 받으며 성장하는데, 그의 어머니는 교양이 풍부했으며 특히 미술에 대한 조예가 깊었다. 어머니에 대한 사랑이 극진하던 그는 어린 시절 뿐만 아니라 성인이 된 이후에도 어머니에게 정신적으로나 재정적으로 크게 의존하는 성향을 보였고, 또한 그의 작품 세계의 근간을 이루는 감수성과 풍부한 상상력, 무한한 창의력 등도 어머니로부터 영향을 받는다.

1917년에는 동생 프랑수와가 사망하게 되는 불행한 사건이 발생하는데, 훗날 이 사건은 《어린 왕자》(1943)에서 주인공인 '나'와 어린 왕자가 이별을 하게 되는 비극적 결말에 영향을 준다.

1919년 그는 해군 사관학교에 입학하고자 했으나 시험에 낙방하게 된다. 그러다 1921년 공군에 입대하는데 군 복무 중 비행기 사고로 큰 부상을 입고 제대하게 된다. 제대 후 그는 자동차 외판원 생활을 하면서도 문학에 대한 관심을 보이며 틈틈이 습작을 한다. 1927년에는 민간 항공사에 취업하게 되는데 이 시절의 경험은 그의 작품《남방우편기 *Courrier Sud*》(1930),《야간비행 *Vol de Nuit*》(1931)에 영향을 준다. 특히《야간비행》은 페미나 문학상을 수상하게 되는데 이때부터 생텍쥐페리는 작가로서 이름을 알리게 된다. 그리고 같은 해 콘수엘로 순신과 결혼한다.

　　1933년 그는 비행기 제조회사에 입사하여 조종사 업무를 수행하다가 사고를 당하게 되고 1935년에는 비행 도중 리비아 사막에 불시착하여 베두인 대상隊商의 도움으로 5일 만에 극적으로 구조된다. 이 당시의 경험은《인간의 대지 *Terre des Hommes*》(1939)에 잘 나타나 있는데 이 작품은 미국에서《바람과 모래와 별들 *Wind, Sand and Stars*》이라는 이름으로 출간되어 큰 인기를 얻는다. 또한 이 작품은 프랑세즈 소설 부문에서 대상을 수상하며 많은 사랑을 받는다.

　　1942년에는《전투 조종사 *Pilote de Guerre*》를 출간하고, 1943년 4월에《어린 왕자 *Le Petit Prince*》(1943)가 출

간된다. 특히 이 작품에는 생텍쥐페리가 직접 그린 삽화가 수록되어 있어 더욱 의미가 있다.

《어린 왕자》가 출간 되던 시기는 제2차 세계대전이 한창이던 전시 상황이었기에 그는 알제리에 있는 본대로 편입한다. 그러나 1944년 그는 프랑스로 비행 정찰을 나갔다가 끝내 돌아오지 못했는데, 독일군 비행기에 격추되어 결국 사망한 것으로 추정된다. 그의 사후에《성채 *Citadelle*》(1948)를 비롯한 작품집이 출간된다.

2. 《어린 왕자》 내용 살펴보기

비행기 조종사인 '나'는 비행기 고장으로 사하라 사막에 불시착하게 된다. 식량과 물이 부족한 위급한 상황에서 황금빛 머리카락을 지닌 가녀린 어린 왕자와 마주하게 된다. 그는 '나'에게 대뜸 양 한 마리를 그려 달라고 부탁한다. '나'는 그런 어린 왕자의 태도에 당황스러워하면서도 그의 부탁을 들어준다. '나'는 어린 시절, 코끼리를 삼킨 보아뱀의 그림을 어른들에게 보여주었지만 누구도 그 그림이 무엇인지 이해하지 못했던 경험을 떠올리며 어린 왕자에게 그것을 보여준다. 그러자 어린 왕자는 어른들과는 달리 한눈에 그 그림이 무엇인지 알아보았다. 어린 왕자에게

호감이 생긴 '나'는 상자 하나를 그리고 그 안에 양이 들어 있다고 말하며 어린 왕자에게 건넨다. 어린 왕자는 몹시 기뻐한다.

어린 왕자는 B-612라는 아주 작은 별에서 왔다. 그곳에는 무릎 높이의 화산 세 개와 허영심과 자만심이 가득한 장미 한 송이가 있었다. 어린 왕자는 매일 화산 구멍을 청소하고 장미에게 물을 주고 바람에 꺾일까 봐 유리 덮개로 씌워주며 보살폈지만 장미는 자존심만 내세우며 어린 왕자에게 차갑게 굴었다. 그래서 어린 왕자는 자신의 별을 떠나기로 결심하는데 그때서야 비로소 어린 왕자를 좋아하는 장미의 본심을 알게 된다.

어린 왕자는 자신의 별을 떠나 지구에 도착하기 전까지 여섯 개의 별을 여행한다. 자신의 권위가 존중되기를 원하는 전제군주가 사는 별, 허영심으로 가득한 남자가 사는 별, 부끄러움을 잊기 위해 매일 술을 마시는 술꾼이 사는 별, 쉴 새 없이 숫자를 더하고 빼는 일만 하며 소유하는 것만이 중요하다고 생각하는 사업가가 사는 별, 가로등을 켜고 끄는 일을 하며 일에 중독된 사람이 사는 별, 그리고 책상에 앉아서 세상의 지도를 그리는 지리학자가 사는 별을 둘러본 어린 왕자는 '어른들이란 정말이지 이상하단 말이야.'라는 말을 되풀이한다.

어린 왕자는 그중 가로등 관리인만이 자신이 아닌 다른 이를 위해 일하고 있기에 가장 의미 있는 일을 하는 사람이라고 생각한다. 이렇게 여섯 개의 별을 거쳐 일곱 번째 별인 지구에 도착한 어린 왕자가 처음 만난 것은 노란 '뱀'이었다. 뱀은 언제든 어린 왕자를 도와주겠다고 말한다. 어린 왕자는 뱀과 헤어지며 길을 걷다가 수천 송이의 장미를 보게 된다. 자신의 별에 있는 장미가 유일한 존재라고 생각했던 어린 왕자는 실망하며 운다.

정처 없이 길을 걷던 어린 왕자는 '여우'를 만난다. 여우는 어린 왕자에게 자신을 길들여달라고 부탁한다. 길들임의 의미를 몰랐던 어린 왕자는 '길들인다는 것'은 '서로 관계를 맺는 것'이라는 여우의 설명을 듣고 그렇게 하기로 마음먹는다. 이제 어린 왕자와 여우는 서로에게 특별한 존재가 된 것이다. 여우를 통해 어린 왕자는 자신의 장미가 보통의 장미들과는 다른, 이 세상에서 단 하나뿐인 소중한 존재라는 것을 깨닫게 되고 차츰 장미를 걱정하게 된다. 어린 왕자는 '나'에게 양이 장미를 먹어버릴지도 모르니 양의 입에 씌울 입마개를 그려달라고 부탁한다.

사막에 머무른 지 팔 일째 되던 날, 마실 물이 다 떨어져 '나'는 혹시나 하는 마음에 물을 찾아 떠난다. 희망을 버리지 않은 '나'는 한참을 걷다가 동이 틀 무렵에 우물을 발견한다. 어린 왕자와 나는 물을 마시며 숨을 돌리게 된다. 어린 왕자는 '나'에게 이제 자기 별로 돌아갈 시간이 되었다고 말한다. 어린 왕자는 뱀에게 도움을 요청해 그의 독을 빌려 죽은 듯이 지구를 떠나고 '나'는 그런 어린 왕자를 바라보며 슬픔에 잠긴다. 그리고 비행기의 수리를 마친 '나'는 사막을 떠나 제자리로 돌아간다.

3. 《어린 왕자》 속의 교훈

작품 속 어린 왕자는 '나'의 유년 시절의 모습이자 어른이 된 내가 다시 찾고 싶고 지켜내고 싶은 순수함 그 자체일 것이다. 실제로 생텍쥐페리는 어린 왕자의 모습과 흡사했으며 호기심 많고 감성적인 소년이었다고 한다. 작가는 이 작품에서 어린 왕자가 만난 모든 이들을 통해 독자들에게 여러 메시지를 전해 준다.

· 어른들의 가르침 ·

어른들은 숫자를 좋아하고 눈앞에 보이는 것을 최고라 믿는다. 가령 친구를 사귀었다고 하면 그 아이의 목소리가 어떤지, 얼마나 아름다운 집에 사는지 물어보지 않는다. 그들은 그저 그 아이는 몇 살이고 얼마짜리 집에 사는지 숫자로써 그 친구의 가치를 가늠해 보는 것이다. 또한 '내'가 그린 코끼리를 삼킨 속이 보이지 않는 보아뱀의 그림을 보며 잠깐의 망설임도 없이 모두들 모자라고 대답한다. 게다가 어른들은 허름한 옷차림의 천문학자가 밝혀낸 학설은 믿지 않다가 그가 양복을 차려 입고 다시 자신의 견해를 피력하자 그제야 그의 학설을 옳은 것으로 받아들인다. 작가는 살면서 가장 중요한 것은 측정될 수 없고 계산될 수 없는 '보이지 않는 것'임을 어른들의 모습을 통해 역설하고 있다.

· 장미의 가르침 ·

어린 왕자의 별에 씨앗으로 날아와 싹을 틔우고 꽃을 피운 장미는 자신이 지닌 네 개의 가시가 호랑이도 대적할 만큼 대단하다고 으스대며 어린 왕자에게 바람을 피할 유리 덮개를 요구한다. 또한 전에 자신이 살던 곳은 이렇지 않았다며, 씨앗일 때부터 자신을 돌봐준 어린 왕자에게 속이 빤히 보이는 거짓말까지 한다. 그런 장미의 허영심과 교만함 때문에 어린 왕자는 슬퍼지고 장미를 오해한다. 그러나 어린 왕자가 자신의 별을 떠나기로 한 날, 장미는 어린 왕자를 좋아한다는 진심을 전한다. 어린 왕자는 그때서야 장미를 오해했음을 깨닫는다. 작가는 어린 왕자와 장미의 모습을 통해 말보다는 그 이면에 담긴 진심을 먼저 알아봐야 한다는 가르침을 준다.

· 왕의 가르침 ·

어린 왕자가 자신의 별을 떠나 제일 먼저 만난 이는 전제군주였다. 그는 무엇이든 자신의 권력을 이용해 마음대로 할 수 있는 힘을 지니고 있었지만 결코 이치에 맞지 않은 명령은 하지 않았다. 그러면서 어린 왕자에게 심판관이 되어달라는 명령을 한다. 하지만 어린 왕자는 이곳에는 심판할 사람들이 없다며 거절한다. 그러자 왕은 자기 스스로를 심판하라고 말하며 '자기 자신을 심판하는 것이 가장 어려운 일'이라며, 스스로를 심판할 줄 아는 사람이야말로 가장 지혜로운 자라고 말한다. 작가는 왕을 통해 절대권력을 가진 사람이라도 무조건적이고 강압적인 명령은 통하지 않으며 항상 이성적으로 행동해야 한다는 가르침을 주며, 자신을 객관적이고 엄격하게 심판할 수 있는 현명한 사람이 되라는 깨달음을 전해 준다.

· 여우의 가르침 ·

여우는 어린 왕자에게 길들여짐의 의미에 대해 알려준다. '길들여진다는 것'은 '서로에게 유일한 존재가 되는 것'이며 그러기 위해서는 인내심과 시간이 필요하고 또한 책임감도 뒤따른다고 말한다. 자신의 장미가 길가에 피어 있는 수천 송이의 장미와 다를 바 없다고 생각했던 어린 왕자는 여우의 말을 통해 깨달음을 얻고 더 이상 자신의 장미는 보통의 장미가 아니라고 생각한다. 물을 주고 덮개를 씌워주고 관심과 사랑으로 오랜 시간을 자신과 함께했던 장미는 이미 어린 왕자에게 길들여졌고 어린 왕자 역시 장미에게 길들여져 있었던 것이다. 또한 여우는 '가장 중요한 것은 눈에 보이지 않는다.'고 말한다. 작가는 여우의 말을 빌려 눈에 보이지 않는 관심과 노력 그리고 사랑이 당장 눈앞에 보이는 것보다 훨씬 더 가치 있고 소중하다는 것을 일깨워준다.

4. 마치며

《어린 왕자》는 누구나 한 번쯤은 읽어보았을 작품이다. 이 작품은 지금도 수많은 언어로 번역되어 전 세계적으로 사랑을 받고 있다. 세월이 흘러도 꾸준히 사랑받는 모든 것들은 그 안에 불변의 가치를 담고 있다. 시간을 거슬러 공감할 수 있고 소통할 수 있는 가장 보편적인 가치는 아마도 '사랑'일 것이다. 작가는 이 작품을 통해 여러 가지

메시지를 전하고 있지만 결국 그 모든 것들은 '사랑'이라는 말로 귀결될 수 있는 것이다. 어린 시절 순수함을 되찾고 싶고 지켜내고픈 욕망도 결국 그 순수함을 사랑했기 때문이고, 서로를 길들이는 것도 결국 사랑 없이는 불가능한 일이기 때문이다.

'자신이 원래 있던 곳에서 만족하지 못하고, 항상 급하게 열차에 몸을 싣지만 정작 자신이 무엇을 찾으러 가고 있는지 모르는' 어른들은 《어린 왕자》를 통해 다시 순수의 시절을 경험해 보고, 아직은 마냥 행복한 어린이들은 이 작품과 더불어 그 순수함을 오래오래 지켜나가길 소망한다.

작가 연보

1900년 6월 29일, 프랑스 리옹 시에서 태어나다.

1904년 아버지가 돌아가시다. 그 이후로 생텍쥐페리는 어머니, 할머니, 아주머니 등 주로 여성에 의해서만 양육되다. 특히 어머니에 대한 사랑이 극진하던 그는 어린 시절 뿐만 아니라 성인이 된 이후에도 어머니에게 정신적으로나 재정적으로 크게 의존하는 성향을 보이다.
또한 그의 작품 세계의 근간을 이루는 감수성과 풍부한 상상력, 무한한 창의력 등도 어머니로부터 영향을 받다.

1909년 리옹에서 르망으로 이사하다.

1912년 생텍쥐페리 인생에 중요한 역할을 하게 되는 비행기를 처음으로 타다.

1914년 여름에 제1차 세계대전이 발발하다.

1917년 동생 프랑수와가 사망하다. 이 죽음은 《어린 왕
자》를 비극으로 장식하게 된 모티브가 되다. 파
리로 올라와 보쉬에 고등학교, 생 루이 고등학
교에서 해군 사관학교 시험을 준비하다.

1919년 해군학교 입학시험에 떨어지다. 그림에 대한
애정이 남달랐으며 주위 사람들은 생텍쥐페리
가 틈만 나면 그림을 그렸다고 할 정도로, 그림
은 그의 자기표현의 중요한 수단이다.

1921년 스트라스부르의 제2전투기 연대에서 군복무를
하다.

1922년 1월에 남불 이스트르에서 육군 비행 조종 학생
이 되어 군용기 조종 면허장을 따다. 10월에 예
비 소위에 임관되다. 《비행사》를 발표하다.

1924년 소레 자동차 회사에 입사하다. 지드, 쟝 프레보
와 사귀고, 이때 발레리, 지로두, 아인슈타인 등
의 작품을 탐독하다.

1927년 봄에 에어 프랑스 전신인 라테고에르 항공사에
입사하여 툴루즈-카사블랑카-다카르의 정기우
편 비행에 종사하다. 《남방우편기》를 집필하다.

1930년 부에노스아이레스에서 아르헨티나 우편항공회
       사의 영업주임으로 일하다. 이때 그의 절친한
       동료 기요메가 안데스 산맥 횡단비행 도중 실
       종되자 5일 동안 수색작업을 벌이지만 실패하
       다. 그러나 기요메는 약 2개월 뒤 불굴의 의지
       로 살아 돌아오는데, 이러한 경험은 《인간의 대
       지》에 잘 나타난다. 《남방우편기》를 출간하고,
       6월에는 《야간비행》을 집필하다.

1931년 콘수엘로 순신과 결혼하여 프랑스로 되돌아오다.
       12월에 《야간비행》으로 페미나 문학상을 받다.

1933년 라테고에르 비행기 제조 회사에 입사하여 테스
       트 파일럿이 된다. 쌩 라파엘 만에서 수상기를
       테스트하는 중에 사고를 일으켜 구사일생으로
       살아나다.

1935년 이미 한두 차례 비행기 사고를 일으켜 구사일생
       으로 살아나는 경험을 겪었던 생텍쥐페리는 기
       관사 프레보와 함께 파리-사이공 간 비행기 기
       록 경신을 위해 출발한 후 이집트 리비아 사막에
       불시착하였으나 사막을 닷새 동안 걸은 후 베두
       인 대상隊商의 도움으로 기적적으로 구출된다.
       이 사건도 《인간의 대지》에 자세히 소개된다.

1939년 《인간의 대지》를 출판하여 큰 반향을 불러일으
키다.

1940년 《성채》 집필을 시작하다. 12월에 미국 망명을
위해 뉴욕으로 가다.

1941년 1월, 뉴욕에 도착하다. 《전투조종사》를 집필하다.

1942년 《전투조종사》를 출간하다.

1943년 4월에 《어린 왕자》가 출간되다.
5월 4일, 연합군의 북아프리카 상륙작전이 성
공하자 미군 지휘 아래 있는 알제리의 정찰비
행단에 재편입을 시도하여 우즈다의 본대에
편입되다.

1944년 7월 31일 오전 8시 30분, 리트닝 기지를 출발,
프랑스 본토로 정찰을 떠났으나 실종되다. 귀
환 도중 코르시카 수도 남방 100킬로미터 지점
에서 독일 전투기에 의해 결국 사망한 것으로
추정되다. 같은 해 프랑스 정부로부터 훈장을
서훈 받으며 사후 《성채》를 비롯해 서한집이 출
간되다.